一位原住民心理師的心底事

周牛——著

給下一代——Nikar[1] 周書曼

[1] 阿美族女子名，意指黎明，或黎明的第一道光芒出現時。

推薦序（一）寫到心也碰到族群的文章

認識周牛莒光心理師的歷程很有趣，有一年我主持臺東縣政府社會處性平推廣的案子，他坐在教會議室裡為臺東性別主流化種子人才而進修，一個高個子卻坐在最前面的位置，直覺地我感受那股生命的動力，後來因為實際的需要，我們開始請種子人才配合在臺東縣鄉里的推廣課程，這位長腿叔叔可以把課程上得很有趣，在他身上看到的不只是一個認真而已，還有很重要的情感，今天看他寫的文章又是另一種驚奇，如何在他忙碌的行程中寫下這麼細膩的故事？閱讀中，族群與個案心靈深處的糾結在不同的故事裡留下了痕跡。

書寫在這個世代漸漸被影片的立即性取代，周心理師依然堅持有耐心地記錄下偏鄉小小角落的生命樣態，有一點點擔心的是這些活躍在文章裡的主角會不會被指認出來，因為閱讀中跟著對話的內容情不自禁地像被帶到了諮商室的透視鏡，看見心理師與個案的對話。另一種心情又為他歡喜，這幾年認真的書寫他留下了很少人寫的社會族群間的現實畫面，這在諮商及社會工作領域都需要更多的案例可以參考，周心理師做到了。

他的作品寫出自己經歷的案例，原住民族與偏鄉鮮活地展現在字裡行間，看完以後會帶給讀者深深的印象，可以重新檢視人在社會的結構裡有什麼樣的實際挑戰，我非常佩服他積極的行動力，以及充滿對原住民族及社會弱勢的關心和愛，希望他鍥而不捨繼續寫，相信可以讓更多人理解心理輔導諮商世界的轉折！

屏東縣基督教女青年會理事長，阿美族人　林春鳳

推薦序（二）用心感受

周牛莒光心理師是本系二技臺東班聘請的兼任講師，專門教授諮商心理課程，頗獲學生佳評。莒光是在民國七十七年就讀政戰學校（國防大學政戰學院前身）大眾傳播科第十四期，八十年畢業。九十四年從國防部轉職到教育部擔任高中職、大專校院的軍訓教官。莒光在軍職期間歷練過各項助人職務，曾在本島、外島服務過。莒光曾說：「這段期間最快樂的事是在基連隊擔任輔導長，以及當軍訓教官與學子接觸的時光。」為此，莒光於軍訓教官期間進修諮商心理碩士，並考取諮商心理師，一〇四年退伍後，轉任輔導老師，現今擔任醫院精神科心理師。

莒光是臺灣原住民族阿美族。很高興看見莒光將生命歷程的聽聞，以一位原住民心理師的角度書寫出來。這本書不談心理學的理論，也沒有敘明助人技巧，只有一篇篇動人的故事。現象學（phenomenology）大師胡賽爾（Husserl），提到現象學需要的是一種獨立的感覺，遠離塵世，將既存的價值觀先拋棄一旁的能力。而高達美（Gadamer）提出的詮釋學（hermeneutics），說明了對每一個文本或是事件的詮釋都基於先前的理解，換句話說詮釋學的詮釋是以詮釋者的價值觀來解構文本。從這兩個觀點來看莒光寫的《一位原住民心理師的心底事》乙書，會發現莒光在創作時，有將自己置空，以客觀的立場來描述主角；也有將自己的觀點放在主角的身上，帶著感情來敘說主角的故事。

這本書陳述莒光在心理諮商的過程中，有些是成功個案，當然也有個案未能走出生命的困境，莒光也將之收錄在本書，這說明了生命中的無常，助人者是人，不是神。值得所有的助人者深思。莒光的文字情感豐富，具有可親性，易讀性。如果你是助人者，這是一本描寫了助人者在與求助者互動時內心真誠交會的書。如果你的生命正受到頓挫，這更是一本敘說生命歷程的書。總之不論你是原住民朋友或是非原住民的朋友，我都要鄭重推薦這是一本值得你閱讀的好書。

美和科技大學社會工作系副教授、系主任兼原住民族學生資源中心主任，
排灣族人　吳鄭善明（mu na nenge）

推薦序（三）和影子對話的人

「海角城市的一偶飄起雨」
「撕裂是一陣一陣地刺入耳朵」
「繁星點點……那顆溫柔的心如許地存在」

〈光年〉充滿千萬聲響的距離，既遙遠卻又貼近，翻閱一頁頁記事的篇章，一次次的調整心中複雜的情緒。

〈日記〉從南迴公路綿延不斷的青山，內頁泛黃的日記，秋天、一念之差、光復節、連貫至臺北的冬季是發霉的日子。

〈奢望〉中的高粱酒，漫天亂飛的麻雀和醉話、士官長的步槍，生命的個體，正在承受來自不同模式的磨難。

〈生命的漂浮〉與〈哭泣的人生〉，盡是滄桑與撕裂。

一位作者，需要有多大的勇氣，才能記錄下許多的傷痛，我重複地看著書頁目錄，並讓自己不陷入無力與恐慌，偶爾潸然淚下，由來卻是莫名，我相信每個生命個體都有那麼一個地方，深藏著一處灰暗，但絕大部分的人，可以用許多方式讓那份晦暗找到出口，只是願意為他人伸出援手的，並不能是人人可行。

文明與科技的現代社會，帶給人類許多方便與累積財富的可能性，但在心靈層面上，卻鮮為受到關注和提倡，家庭結構與親情的疏離，造就了許多受創的心靈卻無從被安撫和療癒，作者莒光就像似一位和影子對話的人，那些需要被安撫的心靈，需要一位願意聆聽的人，無關對錯，即便是烏雲，在莒光的文章裡，他寫道：

「透看窗外世界是扭曲的……我正努力在烏雲密布的世界裡尋找陽光」

一句話，透出了心理師無比堅韌的勇氣和信念。

阿美族作家、文字工作者　桂春米雅

自序

書寫是一種療癒。

從書寫前的一片空白到書寫中的恣意揮灑，接著作品完成，宛若成長。在過程中，出現的人事物或是自我的想法，這些都是日常生活中的經驗。在書寫時，書寫者會重新再經歷，透過這樣的歷程，書寫者可以審視、省思，以新的角度重新詮釋自我的生命，屆時會發現原來生命是如此的豐厚。

終於，我將書寫化為實體書了。這本書收錄的故事，有原住民的，也有未特別突顯族群的。有些是我與原住民個案的相處經驗，有些是我的聽聞，都經過匿化名處理了，還加上我杜撰的情節。

這是一本很心理的書。在閱讀時，你可以從族群的角度讀這一本書，也可以從心理學的理論角度讀這一本書。當然你也可以從一位心理師的角度讀這一本書。不過，你可以試著將自己「置空」後，讀這一篇篇的故事，不要急，不要趕，讓你的心與每個主角，透過文字做一場心靈的交流，最好是每看完一則故事後，沉忠一下，靜一靜，想一想，觀照自己的內心生起的是什麼？連結了什麼？才讓自己有如此的感受。

感謝財團法人原住民族文化事業基金會及評審委員們，通過我的申請案，使得本書得以問世。高興了一晚，隔天仍然要上班。

八點整，護理師交班的晨會準時召開。

布農族的惠珍，徐徐說：「昨天○○情緒不穩，在心理師談完話後，進到保護室一直打牆，大罵：『××娘，心理師踩到我的痛處。』」

排灣族的新龍，「酗酒個案○○，情緒沮喪，已轉介給心理師心理諮商。」

阿美族的慧卿，戴個眼鏡，她不戴眼鏡時，我老是以為慧卿是新的護理師，「○○，仍有幻聽。」我在筆記上註記，「目前不適宜諮商。」

阿美族的家偉，是個英俊的年輕人，「○○，女，十六歲，昨天小夜時對我說：『家偉，好喜歡你。』」我在筆記上註記，「個案對家偉有移情。」

卡那卡那富族的素卿，「海洛因個案都按時回診喝美沙冬，○○又再度入監。」

最後是由護理長，排灣族的端慧總結，她的淚腺發達，每次個案研討時，談到觸心的點，總是得為她準備面紙。精神科的晨會，參加的同仁們內心中都蘊藏著一分愛。

精神科的一天，就由此開始了。走筆至此，阿美族與泰雅族的綜合體美麗書記劉欣來電說：「心理師，你的支持性團體心理治療押錯日期了。」

「好的，我立刻修正。」

我去她那兒，看到劉欣，她給我一個微笑，我看到了真誠與溫暖，像金黃色的陽光。我想起《賽德克巴萊》這部電影，Seediq的意思是人，Bale是真正的意思。

我脫口而出：「Seediq Bale.」

目次

開場白——從潛意識談起

潛意識是精神分析學派的基石，也是非常微妙的東西。佛洛伊德用海上冰山比擬潛意識，認為人的意識只是海面上冰山的一角，海面下藏著更多不為人知的東西，而人的意識深受著潛意識的影響。

意識要如何能感受到潛意識呢？

佛洛伊德認為，夢境、自由聯想與說溜嘴是意識瞭解潛意識的幽徑之道。夢，通常是以隱喻的方式呈現，總讓人似懂非懂。要解構隱喻背後的意涵，並不是那麼容易！也不是你讀了一本解夢書，就能一通百通了。得靠覺察力，與對自我的瞭解。再來是自由聯想，說得通俗一點，就是胡思亂想。有試過吧！你天馬行空的想，想多了，想久了，你的問題自然就迎刃而解了。說穿了，這是潛意識在引導。說溜嘴呢！每個人都有的經驗，明明是喜歡一個人，可是在無意中，你還是批判了他，然後才訝異，怎麼會這樣！

那麼潛意識浮現在意識時，會有那些現象呢？有豁然開朗、靈光一閃、流淚……等等。所以，當你在哭時，想想那個哭的意義！當你應該要去上學時，卻突然說：「我趕不上車了！」心想：「今天不去了，明天再搭最早班的車子。」想想這樣行為的背後意義！還有當你拿著筆，隨筆恣意漫走，將畫布染成鮮紅。然後面對畫布，你發自內心自然而然微微一笑時，想想那個意義！當然也包括你在山峰中遊走，在峰頂上看秋楓點點的紅意，感動地流著淚，想想那流淚的意義！若是認真的思考，每個動作都有其意義存在，也可以說都有潛意識的運作痕跡。

夜深了！黑夜是潛意識活動的時間。此時，燈光昏暗。我拉哩拉雜地寫出這些東西，將我在精神科服務期間，接觸到個案的想法，有關原住民的、非原住民的，還有自己的感受，一一化為文字。表面是意識的活動，卻有潛意識的痕跡，是我心底最深層的渴望。以此開場，我是心理師，一位原住民的心理師，一位阿美族的心理師。我閉起眼，享受窗外輕風送來蟲鳴，一陣接著一陣，然後我瞧見了我的心底事。

執業起程

學校

我考上心理師的執照，剛開始是在學校擔任心理師。原本我以為學校很單純，在接觸後，才發現這些青少年的心事也是有血有淚的。學期初始，輔導主任派了兩個個案給我，第一位是男同學在網咖被陌生人性侵，強迫口交。父親是巴拉圭人，母親是臺灣原住民，生了兩子，長子是這位學生個案，以及他妹妹。

晤談時，我感受到他的忐忑不安。個案自責讓這樣的事情發生，但他一直說沒事。建立關係後，我邀約他持續晤談，個案表示，想談時會再過來。

「先談四次，我們時間定在每週三上午升旗時，這樣可以嗎？」

「可以。不過……老師，我能不能……」

「你想說什麼呢？」

「我想談生涯規劃。」

「喔！可以告訴我原因嗎？」

「我想考軍官學校。」

「很好呀！」我的語氣充滿興奮，「老師剛從軍職退伍。」

個案的眼睛一亮，「是喔！」

「老師前一個職務是軍訓教官，退伍後考上心理師，轉任到學校擔任輔導老師，讀軍校是一條生涯規劃可以選擇的道路。」對於他，我的諮商策略是以個案想談的為主，再引導他慢慢的將內在感覺表達出來。

第二位是導師轉介的個案，他來會談時精神不濟，個案說：「昨晚照顧中風的父親。」

我查了個案的基本資料，是位原住民的孩子，父母離異，又各自再交男女朋友，生了孩子，接著分開了。所以兄弟姊妹有同母同父，同母異父，同父異母，目前個案和母親及母親的男友住在一起。

他常常要到醫院照顧中風的生父。當我約邀他到輔導室談話時，他立刻答應。因為狀況很複雜，希望諮商輔導能支持他、陪著他渡過這一時期的難關。

忙完這兩位個案，已近中午時分。

這時葉老師帶著兩位女同學來到輔導室。其中一位不斷低著頭啜泣，另一位則安慰啜泣的同學。葉老師是布農族人，剛當老師沒多久。輔導主任見到葉老師帶學生到輔導室，立刻請我過去處理。

葉老師神色緊張，口氣焦慮，「老師，這位同學好像有學習障礙。」

「這位同學是特教生嗎？」

葉老師說：「不是。」

另一位同學安慰她，「我們已經到輔導室了，妳不要哭了。」

「老師，發生什麼事情？」

葉老師概述事情的經過，原來是他請學生在課堂上唸課文，唸得很小聲。葉老師聽不到，要求學生唸大聲點。

另一位同學補充，「她看見老師的大眼，以為是在瞪她，一急就哭了。」

葉老師的個兒頭不高，黝黑的皮膚，他那雙黑白分明的大眼，不笑時，真的會讓人覺得有一股被瞪眼的感覺。

葉老師解釋，「我沒有罵她。」語氣焦急，「也沒有打她。」

我安頓已經是滿頭大汗的葉老師，「老師，您先坐下來緩解情緒。」

葉老師坐好，我端了一杯溫開水，「老師，您喝口水。」

葉老師拿起杯子急急地喝下，差點嗆到。

「老師，喝慢點。」

「咳！咳！」葉老師抽出手帕遮住口，並拭去額頭上的汗。

「別急，先深呼吸一下。」我刻意放慢步調，「葉老師，孩子叫什麼名子呀？」

「小玉。」

葉老師情緒緩和了，「老師，您帶同學先回去上課。我和小玉談一下。」

我領著小玉到晤談室，她一直低頭啜泣，臉完全被頭髮蓋住。我問小玉一些基本資料，回話時聲如蚊音。

小玉低著頭，駝著背，不是在搓手，就是拿著那張已經破了的衛生紙擦眼淚。我有點談不下去，內心有些火氣，暗想，「我還有工作要作，被妳這個小妮子困在這兒。」但是一轉念，小玉應該是有社交焦慮才會這樣。我默然不語，小玉頭微微抬起看著我。

「小玉，有聽見我的聲音嗎？」

小玉點點頭。

「妳現在坐姿坐好，身體靠著椅背，頭抬起來。」

小玉照做了，我看清她的臉，一張帶淚的圓臉，感覺上小玉的狀況好多了。姿勢可以改變人的心情，不然那句成語怎麼會說「垂頭喪氣」呢！

我感到又好氣又好笑，「小玉，妳不抬頭時，老師只看見一個被頭髮蓋住臉的女孩。如果現在是晚上，這將會是件很可怕的事……」

小玉笑了。

我接著說：「妳笑的樣子很好看喲！妳說的話要大點聲，我剛剛快急死，聽妳伊伊呀呀地說話，還不知道發生什麼事？」

她開始說話，這回總算可以聽清了。原來是小玉突然被老師叫起來，站在全班同學面前說話，他感到害怕，很擔心別人笑她。

「有聽見同學的笑聲嗎？」

她搖搖頭，接著又哭了。

「老師有責罵妳嗎？」

她搖搖頭，「不過……」欲言又止。

「妳想說什麼？」

「老師的眼太大了！」

我想到葉老師的大眼，「老師的眼太大與小玉的擔心，有關連嗎？」

小玉稍稍思考了一下，「好像沒有。」接著她頭低下去了。

約莫過了三十秒，我說：「頭抬起來，看著老師。」她緩緩抬頭，我給了她一個最溫暖的微笑，「如果是這樣，我們可能被自己害怕的想法嚇到了。」

又過了三十秒，小玉噗嗤一笑。不過既然是在談了，我也得讓個案能夠白我覺察。我說：「妳剛剛垂頭喪氣將頭髮蓋住臉，這樣子會讓人覺得很害怕，而別人的害怕也會感染到妳喲！」

小玉說：「我怎麼了？」

我模仿小玉的模樣。她看到後，臉上浮現出赧然。我滿臉堆著笑意。小玉看著我，她自己個兒笑了，「老師，我要回去上課了。」

「不怕了喔！」

小玉笑著說：「不怕了。」

「好的，小玉。我們談到這兒，妳花一個星期的時間觀察自己上課的情緒，下週我們再談一次。好嗎？」

小玉點點頭，笑著離開了。

看著她的離去的背影，已經十二點了，我得思考一下，中午要吃什麼？不過在吃中午飯之前，我要打通電話安撫有著一雙大眼的葉老師。

監獄記事

心理師每六年要修滿一百二十個學分才能換照。必須要常常參加各類的學分教育，那一天，我參加了戒菸衛教師的研習，連著兩天，第二天是分組演練。

我演醫師，搭配醫院的護理師，她演一位嗜菸的櫃姊——阿玫。

「阿玫，我開十號尼古丁貼片，要注意喲！早上貼或是睡前貼都可以。如果妳在睡前貼，發生了失眠或是多夢的情形，就改成早上貼。不要貼在有皺褶的皮膚或是毛髮處，可以貼在肚子附近。」

「會不會有什麼副作用？」

「副作用是我剛剛提到的失眠及多夢。另外，如果皮膚發紅，別擔心，是尼古丁被吸收的情形。」

「我的菸癮很大，你要多開一些藥給我。」

我笑著說：「我開一週的藥，這段期間要將吸菸量減少，不然尼古丁吸收太多，身體會受不了。」

結束後，可愛的護理師阿玫說：「你的工作會常常對客人說話嗎？」

「是呀！不過他們不是客人，是個案……學生、家長，當然也有老師。」

聊了幾句，熟悉之後，她說：「我們醫院精神科現在正在招募心理師……」她介紹了精神科的工作環境，我有點心動了，隔天我投了履歷。

一切就如預期，我從學校的心理師轉進了醫療體系，擔任精神科心理師。

在醫院擔任心理師比起學校少了許多行政業務，多了些專業上的要求，我們醫院是公設醫院，我每週二下午要進到監獄輔導受刑人。

那天我進去了監獄裡。

我輔導的那位受刑人正是我教過的學生，原住民的孩子——排灣族阿志。阿志已成年了，在成人監服刑。他犯的案子是性侵，性侵自己的弟弟。雞姦，很聳動；親哥哥強姦自己的親弟弟，更令我難過。我問阿志，做這件事的想法？阿志的神情是不屑的，口中卻是道歉的。

「我不應該對我弟弟做這樣的事。」

「我已經道歉好多次了，而且現在我也關進來了。」

阿志有智能障礙，我看到他的右手前臂外側，一條條的刀傷，很整齊地排列著。我問：「阿志，這是怎麼回事？」

「在高中時被笑，很生氣，就拿刀自我傷害了。」

「因為哪些事被嘲笑呢？」

「他們笑我是白痴。」

阿志很在意自己的形象，被嘲笑時，無法轉念，當觀察到對方比自己弱小，就將對方打一頓；對方比自己強，就會傷害自己。看樣子，阿志遇到笑他的人，大多比他強。若以此推斷，似乎比他弱小的弟弟，就容易受的哥哥的欺負。我問了性侵的細節。那天阿志喝了酒，聽見弟弟嘲笑他，一生氣就打弟弟。弟弟又再嘲笑他，他實在忍不住了。

「你做了什麼？」

「脫光弟弟的衣物，然後……」

我打斷他的敘述，「媽媽在那兒呢？」

「媽媽……就在旁邊，勸我不要這樣做！但媽媽喝醉了，只能在一旁哭，無力救弟弟。」

「唉！」

一時間，有好多個畫面。哥哥用粗暴地強奪了弟弟的一切，而媽媽醉在一旁哭泣。我該如何處遇阿志呢？關在牢房是有形的處分；在受刑時，他到底是怎麼想的？有悔意嗎？還是只是想在我面前做個樣子？阿志會調整他的情緒模式嗎？會不會有另外的受害者？在監所，性侵犯會被人瞧不起。雞姦更會被人看輕。早期的監所文化，強姦犯是為人所不恥的，甚至會被性侵。

想得我頭大了。我只能說：「時間到了。」看著阿志離去，消失在無數個光頭之間。我油然生起憎惡、不恥……這些情緒，在心理分析稱為「反移情」[2]。看來我得拾掇拾掇我的心了。

精神科的門禁森嚴，進出都要刷卡。我常戲稱這裡是精神上的牢房，每個星期二下午，還要進到實體牢房。

這一天到監獄，教誨師說：「前天有個個案想要吞電池自殺，幸好被主管發現了。希望心理師能協助處理？」

我瀏覽了個案的資料，犯森林法入監。會犯下森林法，多半是盜採林木，也就是人稱的山老鼠，誰最熟悉山林？當然就是原住民，尤其是山地原住民，這些山老鼠在山上晝伏夜出，為了抵抗身體的疲憊會用安非他命。安非他命用久了，很容易升級到海洛因，俗稱「四號仔」，剛開始是摻到香菸裡，後來改成「走水路」靜脈注射。

---

[2] 又稱情感反轉移，反移情是諮商師無意識地將正向或負向的感覺投射到個案身上。

個案的判決書上寫：「判兩年兩個月。」我心中狐疑著，「刑期兩年多，沒有必要自殺呀！而且他又前科累累，熟悉監獄。」

教誨師說：「他可能是想要藉著戒護就醫時脫逃，他現在被關到隔離舍。」

「是不是有吸毒前科？」

「確實有！」

果然與我想的一樣，於是我請教誨師帶我進到隔離舍。通知主管領著個案出來，上了腳鐐的犯人，慢慢拖著鐵鏈走向我，我看著這位個案，想起他是布農族的小林，曾經住院。小林住院那時提過他在山上與黑熊相遇的經驗；小林說黑熊在深山發現他，小林趕忙爬上樹，那個樹有點斜度，他很快上樹了，黑熊是用腳爪倒抱著樹，黑熊的利爪緊緊嵌進樹木裡，黑熊的身軀朝下，小林在上。小林見狀，立刻拿出獵刀，狠狠地剁了熊腳，熊痛得自空中跌落，小林趁機跑走。那次很驚險，撿回了他一條命。

在這次會談中，我得知小林在到地檢署報到前用了最後一次海洛英，隨後入監，結果毒癮發作，目前是處在戒斷狀態。在談話時，天熱得要命，他卻感到冷，要求在太陽下談話。

我看小林的左前臂，密密麻麻的刀痕，有新有舊，就像阿志一樣。

「這麼多的刀傷……」

小林縮著脖子，「我只想要痛而已，痛才知道自己是活的。」

小林曾經在晨曦會住過，海洛英、安非他命、K他命及大麻都吸過，「我是基督徒，我有信仰，也曾思考過自我的人生。但是這一切，卻因為吸毒……化為烏有。」

吸毒雖然會有一時的快樂，飄飄然的感覺，腦子會浮出無數的快樂想像，但那卻是虛的。我沒有對小林解釋吸毒的影響，吸毒後果，他比我還清楚。

我將問題拉回到自殺，「你過去有自殺的經驗嗎？」

小林打哈欠，「有。」又接著打了一個哈欠，「老師，不好意思，我是吃了精神科的藥，所以精神會有些不濟。」

我笑笑說：「沒關係，你接著講。」

「跳樓、撞車、喝農藥，都玩過了。可是都死不了。」

「你喝農藥，還能活呀？」我又是疑惑，又是驚呀！

「可能上帝還要用我吧！」

「在監獄裡，你有沒有可行的自殺計畫？」

「怎麼可能？除了拔燈管，但現在不可能了，我已經被主管們……」他看了一下主管，「看得死死的了。老師……」

我感覺小林還有話要說，「怎麼了？」

「老師，我心情high時，也想自殺。不知道是為什麼？」

「是躁鬱的躁期發作嗎？」小林有躁鬱症的病史。

「你真是帶著微笑看著死亡。躁鬱症，通常會在鬱期時有自殺的念頭，躁期是很少有自殺的念頭的，有關病理方面的事情，我還得請教醫師。」

在自殺評估上，我心裡有譜了，紀綠寫上，「個案有自殺的習慣，在面對空虛時，容易心情低落，有自殘行為，個性容衝動，應該要注意避免讓個案拿到自我傷害的工具，並持續至精神科就診。」

既然進了監獄，我要求探視我的學生——阿志。教誨師領我進去工場時，得知阿志曾經是我的學生，他笑著說：「老師，他關進來是因為老師沒教好吧！」

我回說：「這到是一個好理由。」

我想到阿志無法有效調適情緒，生氣起來是一座爆發的火山，再加上酒精的催化，有著翻天覆地的毀滅能量。男人雞姦，我仍有一些困惑，甚至是好奇，加害者得有這方面的衝動，可是阿志畢業後就結婚了，有妻子。他雞姦的是自己的親弟弟，這是亂倫。我想到弟弟邊哭，邊求著哥哥不要這樣！個案的媽媽也在一旁酒醉哭喊。這些個畫面像是男男的色情電影，在我的腦中浮現。終至阿志射精了，阿志將他的忿怒，伴著射精的快感，完全的渲洩在弟弟的體內，然後叫弟弟滾到一邊，自己喝醉後倒頭睡去。

那時他是誰？恐怕連阿志自己都不知道。如果再回溯到阿志幼時，我會假設他曾受到過這樣的侵犯？如果弟弟以後也學了這樣子的方式該怎麼辦呢？一串串的問題，我想從阿身上找到答案。到了工場，主管問我要找那位收容人晤談，我報了阿志的號碼。

「是不是阿志？」

「是的。」

「他移監到花蓮了喔！」

一時間，悵然襲來。

「老師，我們有位新收的收容人，除了性侵，還吸食毒品，他的情緒很低落，想請心理師給他諮商輔導？」

我只聽見我幽幽地感嘆：「唉，還有啊！好，請他出來吧！」

生命的飄浮

小梅，今年滿十八歲，父親是阿美族，母親是新住民——泰國人。小梅長得清秀，可是年紀小小卻經歷了滄桑。

據小梅的說法：「父親幾乎都不在家。」小梅美其名說父親是經紀人，是帶傳播小姐到店裡的經紀人。詳情是父親是馬伕，專帶小姐到各大飯店從事性交易。耳濡目染下，她在國中時，就進了八大行業，擔任經紀人的角色，自己會串場下海坐檯。母親是工廠的女工，與小梅感情很好。

小梅在十三歲吸食K，十四歲食用咖啡包，小梅說吸毒的原因是受同儕影響，與心情不好。目前被強制安置到我們這個偏鄉縣市的中途之家，晚上在某校的夜間部就學。

小梅是由中途之家主動找我們醫院身心科醫師，他們的社工說：「希望心理師能輔導小梅。」於是醫師開了轉介單給我。由於我的專長領域不是兒童、青少年，我私下向醫師抱怨。

醫師說：「第一點，你已經是爸爸了；第二點你的專長在成癮；第三點醫院就只有你是專作諮商的心理師。」醫師微笑補充，「還有，你是阿美族，而小梅也是阿美族。」

我心頭直嘀咕：「諮商和族群有什麼關係？」

醫令已下，也只有遵從了。

我記得這是去年一月左右的事情。第一次會談時，天很冷，還下著雨。社工陪著小梅來。我單獨和小梅談，小梅防衛心很強，不想多說。我記錄：「非行少年，多次逃跑，對機構很不滿，要求離開。個案陳述：『離開中途之家之後，就會痛改前非，拜託你們讓我離開這兒吧！我不會再吸毒。』」

第二次會談時，我告訴小梅，在這兒做諮商是安全的，只要妳願意說，我就會用心傾聽，不會帶任何批判、指責，妳可以安心地說出妳想說的。那一次她表明，「其實我很不願意和學校的輔導老師、醫院的醫師、心理師談話，根本就沒有用……我看我乾脆自殺算了。」

小梅秀出自傷的痕跡，她用美工刀，細細地在左手的內側，劃了一道淺皮傷痕。我說：「人生還有許多事，妳還年輕，妳有妳的人生目標，要好好珍重生命。」

小梅神情不屑，「這種說法我聽多了！」

我心頭一怔，不知如何應對？我尋求督導的協助，兒青精神科醫師說：「目前最重要的是陪伴，小梅的認知能力不像成人可以理解你要表達的意思。」醫師想瞭解她接受諮商的意願，我回想起，「小梅抱怨歸抱怨，可是她每次都會提醒中途之家的老師要帶她來。」

醫師說：「這就代表小梅是願意談的。」

我改變諮商策略，以陪伴為主。後來小梅發現這位心理師不會一味地指責她的行為，態度有明顯的改變，才願意打開心扉。不過醫師提醒我，「吸毒的人很容易又回到從前的路，因為畢竟那是成癮者最熟悉、最容易，最方便的一條路。」

在和小梅會談時，她老是打哈欠。睡眠不足是一個原因，但不是主因，沒有菸抽，才是她「一直打哈欠」的重要原因。為了要調整小梅的作息，我特別將諮商的時間調整到早上八點半，她帶著三明治進到會談室。

「這三明治是妳們作的早餐嗎？」

「不是，是帶我來的老師到便利商店買的。」

「妳先吃三明治吧！」這已經打破我的慣例了，不是每個人我都同意可以邊吃邊談。

我哄著她，「別餓著了。」

小梅打哈欠，「我不餓。」一副精神萎靡的模樣。

「妳怎麼了？」

「心理師，我已經好多天沒抽菸了。」小梅打哈欠，「我被禁菸，不能抽了，現在癮發作了，如果這時心理師能給我抽一支菸，我立刻就有精神了。」

對於吸毒者，抽菸有時是疏解情緒的管道。但是她竟然向醫院的心理師要菸抽，「開什麼玩笑，妳在醫院耶！何況我又不抽菸。」

「哎喲！」小梅的小女孩的性格起來了，「人家真的很想抽菸嘛！你們的警衛有菸，剛剛他在醫院外頭抽菸，心理師，你能不能……」

我有點哭笑不得，「小梅，聽清楚——不行。」

我知道中途之家對於吸菸是睜隻眼，閉隻眼的態度，但是這裡是醫院，「心理師也無能為力呀！說一說吧！妳是怎麼被禁菸的？」

小梅打哈欠，「上個月，和我一樣的小女生阿瑜，新收住進機構，她說：『好難過，好想抽菸。』我就向她保證，沒問題，交給我辦。」那一瞬間，我想小梅心中老大姊的作風又起來，就如同在外面一樣的風光，那天，小梅買了菸、檳榔。結果在機構廁所……被抓個正著。那次是她最後一次抽菸，此後被禁菸。

我想讓小梅看到自己的行為模式，「小梅，妳有沒有發現自己很容易就回到以前大姊大的作風？」

「有啊！可是我也不知道該怎麼辦呀？」我沒告訴小梅應該如何做，畢竟要自己說出來該怎麼辦，才能算是體悟成長。

我引導小梅回顧諮商歷程，她曾說過在八大行業的經驗，那時小梅在帶小姐，有一回旗下有個小姐想借錢，她看到小姐的皮包真的沒錢，立刻從她的皮包拿五千元給那位小姐。我還記那時會談的對話——

我問小梅：「後來她有還錢嗎？」

小梅側頭回想，「好像她要給我，但是我對她說留著自己用吧！」

「哇！妳可真大方呀。那是妳賺的辛苦錢呀！」

小梅聽見我的訝異，「你好像感到很驚訝，你想想她是我帶的，她有困難，我當然要幫她呀！我也要帶她們的心呀！」

那時她笑得迸出淚了，彷彿笑我連這個道理都不懂。

我拉回此時此刻，「小梅，還記得妳和我說的這件事吧！」

小梅點點頭，「嗯，我記得。」

「這一次新收的阿瑜進來了，妳內心中的想法是什麼？」

「我想要照顧她。」

「所以，大姊大就出來了。」

「哈哈，我要帶她的心。」

小梅談到「心」，我順勢說：「帶心……小梅，這是妳內心的期待嗎？」

小梅搖搖頭。

「如果不是，那會是什麼？」

小梅沉思著，「當領頭的，有時候真的太累了，我想找一個愛我的男朋友，然後結婚……」

小梅曾交過幾個男朋友，有成人、也有同年紀的男孩，不過多半是將她當作性伴侶，有的甚至是吃小梅的軟飯，只拿她的錢，在外面交其他的女友。

「結婚之後呢？」

「我想找工作呀！一個人可能養不了家。」

「嗯，找什麼樣的工作呢？」

「平凡一點，到便利商店也可以……」小梅接著說：「只是空想，賺錢還是很重要的啦！」

其實小梅有想脫離過去的模式，只是那個模式積習已久，對於小梅而言是她熟悉的，安全的，所以很自然地認為她的期待是不切實際的。

「小梅，如果這裡的日子結束了，妳已經成人，假設妳仍是這樣的行為模式，妳想妳會發生什麼事呢？」

小梅沉默著。

我接著說：「小梅，你願意像以前一樣賺那種錢嗎？」

小梅微微地搖頭，「可是，有時候……我對這個……哎喲！我說不上來那個感覺。」

「慢慢來……想想那個感覺。」

小梅沉默了許久，緩緩說道：「就是不想被人看輕，讓人家覺得我有能力可以擺平許多事。」

「小梅，妳想拿回控制的感覺。」

「是。」

「所以，當妳拿菸給阿瑜時，會升起一種我可以罩著妳的感覺。」

「當然呀！就好像是以前一樣。」

小梅打個大大的哈欠，「只是沒有菸抽，真的很難受。」

會談時間快結束了。我說：「沒有菸抽的感覺是什麼？」

「啼呀！難過。」

「喔，『啼』！是吸毒者在戒斷時會用的字，不抽菸的感覺讓妳聯想到什麼？」

小梅想了一會兒，說了一連串，「啼……難過……少一個東西……不能呼吸……惹得我很生氣……快要發瘋……像一隻中毒的菸蟲……」小梅若有所思，「中毒的菸蟲……」

「小梅，這句話再說一遍。」

「中毒的菸蟲。」小梅的神色凝重。

「小梅，這句話再說一遍。」

小梅一字一字慢慢說：「中……毒……的菸蟲。」小梅說完後，有所體悟，「心理師……你們醫院有戒菸門診嗎？」

我給小梅一個溫柔的回應，「有的，等一下我帶妳去找戒菸個管師。」

小梅感覺肚子餓了，吃起三明治，邊說：「會有戒菸嚼錠嗎？」

「等妳就診之後，再請醫師評估診斷吧！」

和小梅的諮商，從開始的每週一次到每兩週一次，後來她整個狀況穩定了，改為每個月一次，整整談了兩年。有一回，我請小梅用一件隱喻來象徵過去，她想了想，「過去像風箏……」我請小梅思考風箏的意涵。

小梅斷斷續續說了十分鐘，我略作了整理，回饋給小梅——

「好像斷了線的風箏，離我已經很遙遠了。也因為太過遙遠，我竟然覺得曾經發生過的事情變成了不太真實，像是天空的雲變來變去。記憶是會變化的，並不是那麼可靠，拉著記憶的是我手中的風箏線，但我只能牢牢牽住風箏線。

「我有時連昨天發生的事情都是一片模糊不清，所以我就更不容易找尋到往事了。但是往往在某些微妙的時刻，另一頭會突然拉動我手中的線，好像失去的風箏還存在一樣，這時候記憶會很清楚地閃過，縱然那是片斷的、不連貫的、稍縱即逝的，但是畫面卻是很清楚的。然後我會感嘆，如果連自己的記憶都是無法抓牢，那麼生命中還有什麼是我可以信賴的……」

我接著問小梅：「妳覺得那些是妳無法抓牢的？」

「父母，我沒辦法抓牢；男朋友，我也一個接著一個換過；甚至連你——心理師，在我們整個治療會談結束後，我也會忘記……那麼我為什麼活在這個世界上？我到底是誰呢？是臺灣的阿美族原住民？還是泰國人？我感覺我的生命就這樣子飄浮著！」

那一次我陷入了沉思，我和小梅兩個人都沉默了，時鐘滴滴答答的往前走，倆人同時看著窗外，天空正下著雨，絲絲細細的……

哭泣的人生

雨天令人心煩！

可是這雨下得正是時候，解除了缺水的旱象。午後，我請了假，想去看雨。天空的雲有部分散了，可以看見藍天，於是去了我熟悉的地方，我的目地的是一個涼亭，可以眺望藏在氤氳中的遠山。天空飄著小雨，很細，很綿，一絲一絲飄降下來。

我啜飲著泡好的熱茶，四周無人。

靜極了！時間凝住了！

我端詳著水杯裡的茶，感受到陣陣熱氣與茶香。

心頭縈繞著上午與國文在精神科急性病房諮商室的對話，醫師診斷國文是憂鬱症，評估國文需要與心理師諮商，於是轉介給我。

國文是阿美族人。

他的父親是漢族，母親是阿美族，國文在都市成長，不會說族語。父親早逝，監護權歸母親，母親改嫁後，隨母住進新家，一直不能適應，老是感覺繼父比較疼愛新生的弟弟妹妹。國中畢業後，為了離開家，國文放棄升學，到高雄當學徒學做木工，後來出師了，成家立業。結婚後，他成為裝潢師傅，賺了一些錢，沒想到工作幾年後，因眼疾而失業，與前妻離婚。

他低聲說：「從那時起，我的性情改變了！」

「你的人生際遇真的是……」一時間，我不知道該如何回應他。

國文表情僵硬，眼神空洞地看著前方，「唉！心理師，我覺得我是個失敗者。人生沒有了，我只希望孩子能夠長大而已。」

國文說他失業後性情大變。我想多瞭解一些他當時的境遇，「你可以多說一些那時發生的事情嗎？」

國文疑惑著，「心理師，你要我說什麼呢？」

我思考一下，「說說你的眼疾吧！」

「那時我看東西都是重疊的。去醫院看眼科醫師，他只說是木屑跑進去了，盡說一些專業名詞，我也聽不懂，後來……我就不去了，因為眼力不好，沒辦法繼續做木工的工作。」

我心的頭一沉，如果那時醫師能再多一些解釋，多一些淺白的文辭，國文會不會繼續就醫呢？這是假設性的問題，而且現在國文幾乎要失去他的視力。想到這兒，我有些無奈。

「從那時起，國文就沒法子做裝潢了。」

國文點點頭，「那是需要眼力的工作啊！」

「國文，我感覺這對你是一個很大的打擊，除了你熟悉的裝潢之外，有嘗試做過其他的工作嗎？」

「我做過臨時工、搬運工，可是工作愈來愈難找……最後，我的前妻要我去顧她的檳榔攤。只是我經常情緒低落，會罵小孩，接著我又很後悔，覺得自己是很差的父親。」

我心頭感到沉重，「你如何看你的未來呢？」

國文神色黯淡，緩緩流下淚來，他用手拭去他的淚。我伸手搭在他的膝上，「我瞭解你現在的處境，在這兒是安全的，你可以安心地哭泣。」

國文的淚水就這樣子流著，此刻也不用我多說些什麼。只要國文願意，他可以將多年來的委屈哭訴出來，徹底地滌清自己受創的心！

想到這，我嘆了一口氣。天空雨雲又密集了，雨勢稍大，悉悉有聲。天空烏雲多起來了，看樣子等一下會下大雨。空氣濕答答的，沒有陽光，我的心有一些落寞。

哭泣的國文，哭泣的人生。在精神科病房，每個人的人生都是一本本的故事，人生的荒謬、情、仇、恨正不斷地演出。

愛恨迷離

祝你幸福

「這首歌是〈祝你幸福〉，我唱一句，各位跟我唱一句。」

我天生是破鑼嗓子，但是我喜歡唱歌，有時會唱走調。唱久了，接著我開始喜歡上教人唱歌，我教的是哪些人呢？是精神科急性病房的病友。原本我以為他們很難教，但嘗試過一陣子後，我決定每週找一個時段來唱歌，唱歌可以緩解焦慮，有助於治療。

「唱歌也可以思念一個人。」這是夢蕊說的。

夢蕊的本名是裴榮芝，女性，年滿二十四歲，二十歲左右時發病，診斷為情感性思覺失調症。她堅持自己叫做張夢蕊，從住院第一天起就告訴大家，「我明天就要出院，要結婚。請大家祝福我，我會給大家喜糖。」

病友問：「你未婚夫是誰？」

夢蕊一臉羞怯，「他叫溫尼先。」

不過據夢蕊的媽媽表示：「沒有這個人，完全是她想像的。」剛開始，我稱她「榮芝」，她怒氣沖沖說：「心理師，你聽好。我叫張夢蕊。」從那時起裴榮芝這三個字就留給她的主治醫師。

夢蕊住院之初極度不配合，到處亂打電話，不是打電話到婚紗店詢問拍婚紗的事項；就是打電話到餐廳訂婚宴席；還有一次打電話到法院，問公證結婚要如何辦理？最扯的是打電話到一一〇、一一九。

「警察先生，我被挾持了，你們能不能救我出去？讓我明天可以結婚。」

「一一九嗎？我被困住了，請你們趕快派雲梯車來接我！」

「拜託你們通知我的未婚夫──溫尼先……」

他們的對話全被病友阿美族的小陳聽見，跑去向護理師報告，結果被禁打電話三天。

這還不夠，她又因為亂打一些〇八〇〇的免付費電話被約束，綁在床上，打鎮定劑。經過一月的藥物控制後，夢蕊的情緒比起入院初期改善許多了，但她還是想要出院和溫尼先結婚。

我唱完了一遍祝你幸福，所有的病友為我鼓掌，我清了清喉嚨，「心理師問大家，這首歌，可以唱給誰聽？」

夢蕊立刻舉手，「可以唱給他聽。」

我微笑問：「夢蕊，他是誰？」

小陳插話，「溫尼先。」

「夢蕊，是小陳說的人嗎？」

夢蕊紅著臉低頭，「是的。」

小陳接著說：「他們要結婚了。」

我對小陳笑一笑，「你怎麼知道的呢？」

「我在精神科住很久了，他們都會告訴我。」確實，小陳住了一段時間了，急性病房、慢性病房，輪流住。

教唱完後，我習慣將我作的歌詞大字報貼在病房，讓病友可以練唱，小陳過來幫我貼上牆壁。

「心理師，你知道夢蕊的眼睛是誰移植給她的嗎？」

「誰？」

「溫尼先。」

「真的？」

「我不騙你，溫尼先是阿美族的，和我一樣住在同一個部落。」

「你說說這怎麼一回事？」

「他們本來是男女朋友，夢蕊有一次眼睛受傷，慢慢地看不見東西，溫尼先照顧她一陣子。」

「為什麼不結婚呢？」

「她媽媽反對呀！」

我想到每天晨會，護理師都會交班，「裴媽媽每天晚上都會送她親自寫的信給夢蕊，可是夢蕊看都不看，把它扔回到護理站。」

「小陳，你知道斐媽媽反對的原因是什麼？」

「因為溫尼先是原住民。」

夢蕊入院時，裴媽媽曾提出要求，「住院可以，但不能和原住民同一個房間。」那時病房剛好可以配合裴媽媽的要求，主治醫師說：「滿床後，若是有需要，難免還是會同一個房間的。」

我印象很深刻，有一回裴媽媽看到病友們上職能課，職能治療師將夢蕊和小陳分為同一組繪圖，裴媽媽向社工申訴，此後任何課程都很技巧的將夢蕊和原住民區隔開來。

「小陳，謝謝你告訴我這些。」我仍然半信半疑，小陳是思覺失調症……這個故事有待查證。我看了夢蕊的病歷，醫師敘明「個案自述作過眼角膜的移植手術……」但卻查無紀錄，顯然是夢蕊的妄想。

後來，我忙著其他事情，漸漸也淡忘了這件事。直到有一天，我在大廳與病友閒聊。夢蕊打電話給媽媽，情緒很激動，「為什麼妳要這樣對我？」夢蕊哭著說：「溫尼先有什麼不好？就因為他是原住民。」夢蕊語氣粗暴，「裴太太，妳不要忘了，妳女兒的這雙招子，是溫尼先的……我現在就把眼睛挖出來。」

一旁的警衛早已提高警覺，一個箭步衝向前抓住夢蕊的雙手，我從夢蕊的背後，緊緊抱著她，夢蕊放聲大哭，我大叫：「夢蕊！冷靜點。」

警衛大喊：「護理師，需要支援。」

病友們已經亂成一團了。不一會兒，支援人力來了，將夢蕊約束在床，送進保護室，並且打了針劑，我握著夢蕊的手，「夢蕊，睡一下。」

「心理師，我想……」

我心想，「夢蕊想和我談話。」我看了主治醫師，他點點頭示意，「可以。」

「照片……」

「什麼？」

「他的照片。」

「在那兒了？」

「床墊卜。」夢蕊被約束，不能起身，只能微側身子，我的手伸進一摸，果然有張照片，我看了一下，是位阿美族的英俊少年。

「他就是溫尼先，我原本是學美術的，很喜歡畫畫，車禍傷眼，不能再畫了。我失明的那段時間，溫尼先得了骨癌，臨終前他將眼角膜移植給我。」夢蕊的眼角流下淚水，我拿面紙拭去她的眼淚，「我重見光明的第一件事就是找他的照片，但是我只找到他留給我的這封信，信裡有一張空白照片，照片背面寫：『夢蕊，等妳重見光明後，看到的那個人，只要他願意像太陽一樣溫暖妳的心，要同妳走一生，那個人就是我了。』」

「可是，照片上那個人……」

「那是我憑著記憶畫上去的。」我細看照片，那是極細的工筆畫，而照片後面寫的是夢蕊說的那句話，字跡清秀。我內心一驚，「這是夢蕊的筆跡呀！是她自己寫的。」

這時突然我聽見……

「送你一份愛的禮物，我祝你幸福……」

夢蕊跟著哼唱：「不論你在何時，或是在何處，莫忘了我的祝福，人生的旅途有甘有苦，要有堅強意志……」

我從保護室鐵門上的小窗看到小陳正在唱〈祝你幸福〉。藥效發揮作用，夢蕊已經哼不成調了……我再看照片上阿美族的英俊少年，發現和小陳竟然如此相像。

而小陳正流著淚，「……發揮你的智慧，留下你的汗珠，創造你的幸福。」

阿美族版的油麻菜籽

秀玲，快六十歲了。她是阿美族人，是與漢人交往多於族人的阿美族人，自小她就不住在部落裡，她不太會說族語，臺語倒是講得很流暢。我想用一句話來描述她——阿美族版的油麻菜籽。

她的故事是許多傳統婦女的寫照，她是長女，下有弟妹，父母親視長女如母，於是她為了弟妹分擔家中的經濟，賺錢供給弟妹讀書，弟妹都有好的發展，全是公務員。而秀玲一直在務農。她有兩段的婚姻，第一位丈夫愛賭，生兩個孩子棄之不顧，離婚收場，由秀玲獨自扶養。沒讀多少書的秀玲，帶著兩個孩子，遇見了現任的先生，以為是人生的伴侶。

秀玲長年的勞力工作，中風過，經過努力復健後，恢復正常。那時先生得癌，多頭燃燒的蠟燭，沒有擊倒秀玲。但是操勞過度，讓秀玲的子宮因脫落而切除，她仍然守著家，守著先生；可是秀玲的先生限制她只能在家和農地，不讓她到自己上班的地點。

先生生病後性格大變，有了外遇。他嫌秀玲像男人一樣，對秀玲的脾氣愈來愈暴躁，不與秀玲同床行房，還數落秀玲的鬆弛。秀玲最後才知道先生外面有女人，而且是公開出入，真相像如千刀般淩遲她的心……那天晚上，秀玲吞了大量的不明藥物，醒來後，她在醫院裡。

晤談時，她哭，她難過、她憤怒。我同理、我傾聽，我知道她的失落超出我的想像。

秀玲問：「心理師，你說我該怎麼辦？」

我投以溫暖，「妳的情緒感染了我，我知道妳現在的脆弱。秀玲，妳有兩個妳，一個是無助的小女孩，另一個是堅強大姊姊……只是妳當了太久的大姊姊，一直忘了那個小女孩的存在。」

秀玲掩面而泣。

我接著說：「妳心中有一把尺，有能力衡量妳的情形，記著要看顧自己的內在小孩……這條路，不好走，我會陪著妳。」

我步出了晤談室，已到中午用膳時間，我得滌清自我內在。我獨自到了海邊，海浪潮來潮往，灘岸上就我一人駐足。難得冬日有陽光，海風刺骨，但陽光卻是暖暖的。

秀玲勾起我的情懷。當她訴說對另一半的憤怒時，當她訴說對另一半的思念時。我會跳脫出來，以另隻眼來看我和秀玲之間，還有此時此刻的存在，否則我沒法子談下去。我會憐惜秀玲，我也會厭惡秀玲，諮商室裡的愛與恨，就是這麼微妙、無奈與難過。秀玲曾透露，她遇到過對她好的男人，一位對她溫柔的阿美族男人。

愛情的迷離，愛情的誘惑，這位年近六十的大姊一點一點地沉浸其中。承受甜蜜、妒嫉、愉悅。秀玲完全的將內在無助的孩子託給了他，在這禁忌之愛裡，他們盡其所能的給予彼此，愛情是獨占的，秀玲獨占著對方，對方也獨占著秀玲。那陣子，秀玲很焦慮、很害怕、很憂心，像一個小孩子偷了父母的錢，擔心被發現。在緊要關頭時，秀玲收手了，回到家，將自己奉獻給家庭，奉獻給先生。可是先生外遇了，而且是公然的行為。

愛情沒有對錯，是一張迷離的網，秀玲是網中的鳥，不……應當不是秀玲，而是每一位渴望愛情，或是正在經歷愛情的人，或是讓愛情離棄的人，都是網中的鳥。

這片海很藍，藍得溢出了眼！我抬眼望這無盡海，海風吹亂了我的頭髮……看著浪花，一朵接著一朵，心想：「秀玲，我好想帶妳來海邊走走。」

麵包樹

阿蘭坐在我的斜對角。

我將一盒面紙放在茶几上，溫柔說：「如果妳覺得需要拭淚，妳可以擦去淚水；如果妳想好好流淚，也可以在這兒哭泣。」

阿蘭低著頭看著她抽出來的圖卡，面容是落寞的，悲傷的。我同理到阿蘭的感受，「諮商室裡可以讓妳渲洩情緒，是一個安全的地方。」

我沉默了，靜靜地等待著，只聽到滴滴答答的鐘聲。

阿蘭撫摸這張圖卡，那是一張流淚的女子，笑得很開心，可是她的右手拿著一把刀刺進了左胸口。阿蘭說：「那一瞬間心像是被刀子畫了一個開口，鮮紅的血從開口湧出，只留下破口的心暴露在寒冬，我感覺到自己從此無依無靠，完完全全空了，我很想念她……」

阿蘭是在部落長大的原住民，住進精神科急性病房的原因是「自殺」。今年她剛滿二十歲，從小她就沒有安全感。沒有安全感的原因是她有一位想自殺的伊娜[3]，嚴格的說起來她的伊娜曾經想帶著阿蘭一起走。阿蘭告訴我，那是她七歲的時候，那天伊娜買了許多的木炭……

「伊娜，我們要烤肉嗎？」

「是呀！」

我看見伊娜卻把房間的門窗緊閉，門縫塞上毛巾。接著伊娜為我倒了一杯汽水，她的神情很悲傷，「阿蘭，把這杯喝下去，喝了之後，妳就會睡著了，伊娜開車載妳出去玩，這樣才不會暈車喔！」

我很害怕，囁囁說：「不是要烤肉嗎？」

「乖，聽話。」

伊娜將杯子碰到我的唇，我轉過頭，「我不要喝。」

「乖！聽話。」

我不知道那裡來的勇氣，突然高喊：「伊娜，我不要死！我不要自殺，我還沒長大……我……」

伊娜放下汽水，看著我。

「伊娜，我們不要死，我會努力作個乖小孩，我們不要死好不好？」

---

[3] 伊娜，阿美族Ina音譯，指母親的意思。

接著媽媽抱著我哭了，「對不起。阿蘭，伊娜對不起妳。」阿蘭說：「伊娜應該是有憂鬱症。」阿蘭的伊娜敵不過憂鬱症的折磨，一年前自殺身亡了。

我內心不捨，從那時起小阿蘭就被迫成長了，她要照顧伊娜。幾次會談下來，我瞭解到阿蘭的伊娜，她的狀況時好時壞。阿蘭是由阿公帶的，有些部落的鄰家孩子會笑阿蘭沒有伊娜，阿蘭常常跟這些孩子打架。阿蘭的伊娜沒發病時，會訓斥阿蘭：「不准打架，伊娜帶妳去道歉！」

阿蘭委屈地哭訴：「誰叫他罵我是騙子。」母子到鄰家見到對方，阿蘭緊握著伊娜的手，驕傲地說：「哼，你看！我沒騙你吧？我有伊娜！」但伊娜狀況壞時，就完全變成另一個人了，整個人就如同枯樹毫無生機。

我拿一張空椅，放在的阿蘭對面，「這張空椅[4]上頭坐著是伊娜，妳會對她說什麼？」

阿蘭囁嚅，「我好想妳，妳過得好嗎？我……」

我在一張紙上寫了幾個字，放在空椅上。阿蘭看了那幾個字，眼眸泛紅了，她眼前的一切由清晰慢慢地變成了模糊，終至淚流滿面。我緩緩唸出：「對不起。阿

4 空椅技術，是完形治療學派的技術之一，將個案內在衝突、矛盾外顯，幫助個案覺察自我。

蘭，伊娜對不起妳。阿蘭，伊娜對不起妳，妳要好好活下去……」阿蘭泣不成聲，雙手遮住那張哭泣的臉。

觀察阿蘭的成長環境，爸爸整天酗酒，醉了就家暴。最後一次他喝醉了，躺臥在馬路上被車子撞死了。阿蘭成為單親小孩，由伊娜撫養，老天又開了玩笑，讓伊娜得到憂鬱症。不過阿蘭與我分享，伊娜好的時候，還是會陪阿蘭玩，做一些阿蘭喜歡吃的點心，那是阿蘭最快樂的回憶。阿蘭之所以住院，是在家裡燒炭，被鄰居發現，通報警察送醫。原本阿蘭說什麼也不願意住院，醫師相勸後，才簽字入院。

今天阿蘭發生了一些躁動，對著護理站一直吵著要出院，甚至用力敲打護理站的強化玻璃。病房立即啟動緊急應變，我也被叫來支援。

「心理師，我記得我小的時候，我很期待颱風的到來。」阿蘭緩緩道出童年往事。

「颱風來時妳都會做些什麼？」

阿蘭看著窗外綠樹，「我會期待麵包樹的果實掉下來。」

「麵包樹……能不能再多說一些？」

「麵包樹就是Facidol。」

「是阿美族的族語嗎？」

「是的，就是波羅蜜，暑假時是它的盛產期，結出金黃色的果實，一顆顆大得似麵包一般。」阿蘭嚥了口水，接著說：「麵包樹結果後，將果皮削去，除梗，可以作成各種美食，從果肉到核仁都能吃。」

「要怎樣料理呢？」

「燒、烤、煮、炒都可以，我的伊娜最會做的是——將麵包果煮得熟爛，再加點小魚干……我現在想起來都還會流口水。」

我柔聲說：「聽起來真的是很好吃，尤其是伊娜作的。我感覺到阿蘭好想再吃一次伊娜煮的麵包果……」

阿蘭的淚珠緩緩流落滴在枕上。我的雙手壓在她的肩頭上。

醫師問警衛：「都約束好了嗎？」阿蘭的四肢已經被綁在病床的四端，胸部也上了約束帶。警衛再檢查一遍，點點頭示意已經都綁緊了。

醫師對護理師說：「打針吧！」

我對阿蘭說：「打一針，睡一下。」

護理師將鎮定劑注射在阿蘭的右臂。

我看著阿蘭，她的眼神看著我，四目交會，但我感覺她的眼神焦距穿越了我和這間保護室，定在遠方。

阿蘭無意識地自言自語：「Mipaloma ni mama ko facidol mipitpit ko facidol ci ina.」

（爸爸種麵包樹，媽媽要摘麵包果。）

阿蘭臉龐生起一抹微笑，眼皮慢慢垂下，帶著淚，沉沉地走進了夢鄉，尋找伊娜與麵包樹。

黃秋葵

Alice是位都市阿美族原住民，約我下班後，到辦公室附近的咖啡店，她想談談她最近的心情。我依約前往，Alice已經坐在熟悉的位置上，點了一杯咖啡。她招手請服務員過來，問我想點些什麼？過了下班時間我喝咖啡，晚上就不容易入睡，所以我點了一杯果汁，菜單上的簡餐有涼拌黃秋葵，這道菜是阿美族常食用的美食，我肚子有些餓，點了一盤。特別交代服務生，美乃滋要多一些。

「Alice，怎麼了？會約我來這兒。」

Alice對我微笑。

「說吧！妳和他最近怎麼了！」

「我覺得，我成了癮。」

「他讓妳成癮了……妳吸了他這個人的『毒』了。」

Alice嬌嘆，「哎喲！」

「Saka'emiay to ci kaka，ira ko malangohaay.」Alice的年紀比我略長幾個月，我有時會用阿美族語稱她kaka[5]。我回了她族語，意思是「我姊姊的愛人使她的心柔軟。」

她笑著讚美，「有進步了喔！」

「最近特別到社區大學學族語了。」

Alice獨資開服飾店，專賣原住民風格的服飾，做起生意來，圓融時圓融，果斷時果斷，打下一片天。可是當她遇到愛情時，卻是猶疑不決，「唉！愛情不就是這樣嗎？彼此都是對方的迷幻藥，沉迷無法自拔。」

那我就告訴妳一個為愛迷幻，無法自拔的故事

Alice啜了一口咖啡，「好呀！」

這個故事的主題是——「蘇力的吻」，Alice聆聽我的敘說……

那天是個上午，天氣陰陰的。

男主角叫蘇力，他一臉鬍渣，對著她不停地抱怨，而她始終是默默地承受。

「妳不要以為長的漂亮，就可以恣意揮霍愛情啊！」蘇力溫柔地呢喃，「阿芬，這麼久……我終於找到妳了。」

阿芬依然保持典雅的氣質，嘴角的線條微微上揚得恰到好處，臉上掛著梨窩。

5　阿美族語，指姊姊。

蘇力哭了，「阿芬，知道嗎？我一直很想念妳。」哭完後，蘇力唱著阿芬最愛聽的〈月亮代表我的心〉，唱到：「輕輕的一個吻，已經代表我的心……」激動的蘇力吻上阿芬。

阿芬仍是微微笑著，蘇力伸舌纏吻阿芬的唇，引來許多人圍觀。

原來是店門前放著真人大小的玉女人形看板。蘇力使勁擁吻，路人越聚越多，七嘴八舌……

「真可憐啊！」

「起肖呀！」

「想開點吧！」

一位歐巴桑趨向前拍拍蘇力，「年輕人，歐巴桑跟你說，看明一點，伊不是阿芬啦！」蘇力不為所動，繼續他的吻。圍觀的人群，有些人在訕笑著，有些默不作聲。看板上的臉，塗滿了蘇力的口水，難分難捨……這下子非同小可了，西藥房內的工讀生好奇地探看，老闆娘在店內驚叫：「阿芬，妳還在看什麼？快打電話報警呀！」

阿芬回神，立刻打了一一〇。

西藥房外的人群越來越多。蘇力忘情的吻著人形看板，蘇力高唱：「深深的一段情，教我思念到如今……」蘇力抱著人形看板，「阿芬……我好想妳。」

幾個老顧客進到西藥房，對阿芬說：「是不是妳男友？」

阿芬惶惶地解釋：「不是我……我不認識他啦！」

三分鐘後，警車來了，下來的兩位警察，驚訝地看著蘇力，竟然會有男人吻看板吻得如此深情。口勸無效，最後扣上手銬強行押走，蘇力還不忘回頭高呼：「阿芬！阿芬！……」

人群沒啥好戲看便散去了，幾個與西藥房熟識的老顧客還笑虧阿芬，學著蘇力的語氣，「阿芬！阿芬！……」阿芬紅著臉，低著頭。

老闆娘指示阿芬：「清理看板。」

從未談過戀愛的阿芬剛剛看著蘇力強吻的動作，直覺上那不是吻而是舔。看板上都是口水，阿芬心頭實在是一百個不願意，但老闆娘交代，只好提著水桶，又是沖洗，又是抹。

驀地，阿芬在人形看板的一旁看到一個男用皮夾，好奇地打開一看，裡面有張舊照片，主角是秀髮及肩的女孩，在斜斜的四角框內側身嫣然微笑，背景是藍海，遠方有個島嶼。

阿芬細細端詳，果然與看板的女子有些神似。

照片背面寫著，「親愛的蘇力留念　勿忘影中人　阿芬拍攝於濱海公園。〇〇年〇〇月〇〇日」拍攝的時間，阿芬算了一下，竟是十五年前。

烏雲散了，陽光從稀稀落落的雲層灑在人形看板上——林志玲在燦爛陽光下，仍然微笑地提醒著：「六分鐘護一生，定期做子宮頸抹片檢查。」

Alice聽完後，顫笑，「真的？假的？」

「真的呀！那個蘇力為愛情所困，還住在我們精神科病房呢？」

「所以，蘇力是中了愛情的毒，難得有這麼深情的男人！」Alice啜一口咖啡，

「我覺得我要開始戒愛情的毒了。」

服務員這時也送來我的果汁，我喝了一口，「愛情有時就像是會讓人成癮的物質，用得時候，會覺得愉悅，等到想減量或是戒掉時，卻產生了戒斷症狀。」

「哈哈，你的意思是我現在正處在戒斷症狀中？」

「說吧！最近發生什麼事情？」

「唉！最近發生一些事情讓我感覺不舒服，我減少Line他，還想下決心要封鎖他。雖然我們見面互動還是開開心心的，但我真希望他今天做出一點讓我不舒服的事，這樣我就有理由能說服自己封鎖他。」

「聽起來，妳沒封鎖！接下來妳做了那些動作呢？」Alice知道我不會追問事情

的原因，所以她可以放心講她想要講的話題。

「我前天為他慶生了。」

「幫他過生日……這不似要分開的樣子。妳仍決定要封鎖嗎？」

「為他慶生後還是想封鎖他，但昨天是他生日……晚上回家時，我寫著日記告訴自己在他生日這天封鎖他，這樣子似乎很不好。」

「妳在掙扎。」

Alice點點頭，「嗯！我告訴自己如果他睡前沒有Line我，我就在零時封鎖他時，那時就算是隔日了。」

「喔！這招果然是一個好的心理建設，抵消內在的不安。」

「我沒想到他在二十三時五十五分突然來傳Line逗我開心，說等他滿月時，換他請我慶祝他滿月。」

「唉！」我心想：「親愛的Alice，這愛情還戒得了嗎？」

服務生送來黃秋葵，乳白色的美乃滋蓋上綠色的秋葵，綠白相間，乳白色的美乃滋還放點點的黑芝麻。

「我該怎麼辦？」

「感覺妳難以抉擇。」

「是呀！我們跟平常的週末一樣約會跳舞，但我就是覺得不是真心的快樂！本來想趁他在舞池上時，我悄悄地離開；結果是他帶我跳舞後說：『我們一起走吧！』他的手牽著我的手離開舞池。」

我用刀叉切了一小塊黃秋葵。

「妳想怎麼做呢？」

「很想再問他要不要分手？」

我啜一口果汁。

Alice問我：「你猜他會說什麼？」

「我猜不到。」我叉起一塊黃秋葵沾上美乃滋，放入口中，細細咀嚼。

Alice啜一口咖啡，看著窗外。

「妳說，他會說些什麼呢？」

「我猜他會生氣的說：『妳想怎麼做，就去做吧！』」

Alice沉默了。

我細細嚼著黃秋葵，嫩莢肉質柔軟有黏性，入口有滑溜之感。我看到桌上，有本阿美族野菜簡介，裡面介紹黃秋葵。我低聲讀著：「黃秋葵種子萌芽力強，具藥效，其根有清熱、解毒、排膿及通血脈之療效……」

我問Alice：「要不要嚐嚐看？」

長髮飄飄的Alice靜靜地看著窗外。

夜已經來臨，街道華燈正燦爛地綻放，深深地吸引住Alice的目光，我發現她的目光中有著期待。透過落地窗，前方不遠處的電視牆正播放林志玲與Akira結婚的新聞，畫面恰好停在林志玲含情脈脈的神情，竟與Alice相似。

光年

午後，海角城市的一隅飄起雨。中秋一過，每下一回雨氣溫就低一回。雨過後的夜，月兒與雲玩起來，一會兒是雲遮月，一會兒是雲透光。雲與月的嬉戲將大地變成迷惑的世界。

海角城市有山、有海，還有形形色色的各種人，笑語、小酌、加上陣陣烤肉香。再過一會兒，月亮更明時，只剩下微醺醉語。漸漸地，這海角城市會愈來愈靜，燈火將熄，只有馬路的孤燈，伴著銀白的月光流動著。

看過深夜的光流嗎？相信妳看過，在山上，在海上，柔柔的光映著一張張思念的臉。帶著微笑，流過樹稍，流過浪花，流過潺潺的溪水。

就這樣流著，流過蛙聲、蟲鳴，也流過清涼的微風。

就這樣流著，流進一個人的思念湖泊裡，靜靜地映出光流的影像——那是屬於妳的一彎淺淺的微笑。在我的思念中，我憶起妳對我說過的故事——

他們是阿美族人，結婚後住在臺東。

妻子的名子是Folad，族語的意思是「月亮」；先生的名子是Fo'is，族語是指「星星」。

Fo'is自幼喜歡看月亮、星星，後來大學時選了天文系，讀到博士，醉心於天文研究與教學，也是天文學家。

大學時Folad和Fo'is就是男女朋友了，Folad為Fo'is取了「Light-year」（光年）的別號，此後Fo'is就用「光年」作為筆名。畢業時Folad送了Fo'is一把尺，尺上刻了Lovely。

之後他們全心投入工作，觀星的足跡走過各地，最後還是回到臺東，選在茵綠草原緊貼海岸線的加路蘭，前方是一片藍藍的大海，後方是海岸山脈，沒有光害，可以追星、聽濤、吹海風。Folad與Fo'is愛上了這個地方。Folad格外喜愛加路蘭的悠閒，喜歡在有星星的夜晚，伴著Fo'is工作，輕唱著……

Tadafangcal ko fo'is anini.

Samiyamiyat san matedi' ko fo'is i kakarayan.

（今晚的星星分外美麗，高掛在天空上的星星，一閃一閃亮晶晶。）

而Fo'is總是忙著天文研究，忙著工作，沒空搭理Folad。

Folad溫柔地說：「你知道Light-year是什麼嗎？」

Fo'is有一搭沒一搭地回答：「是指光在真空中一年時間內傳播的距離。」

「若是換算成公尺呢？」

Fo'is思索，「一個光年……大約九點四六兆千公尺。」

Folad幽幽回答：「正是我們之間的距離……」

Fo'is微微笑，給Folad溫暖的擁抱，隨後，又繼續他的觀測。

他們生了個女兒叫做Kaliting，在分娩時，Folad難產過世。Fo'is獨自養大了Kaliting。

十五年後，Kaliting拿著國二英語課本來找正在打電腦的Fo'is，Kaliting看見了書桌上Folad送給Fo'is的尺，「爸爸，這個尺是你的嗎？」

Fo'is停止打字，轉頭對Kaliting微笑，「是媽媽在我大學畢業時送給我的。」

Kaliting若有所思，「媽媽當時有對你說些什麼話嗎？」

Fo'is滿臉疑惑，「我沒印象，怎麼了？」

Kaliting指出，「你看這個字Lovely。」

Fo'is說：「那是Cute，可愛的意思。」

Kaliting沉思後說：「應該有另一個意思。」

「Kaliting，妳覺得是什麼？」

「我覺得是Love Light-year。ly是你的筆名『光年』，Light-year，英語的縮寫呀！」

Fo'is的心頭一震，想起他們在晚上曾經有過的對話……

「一個光年……大約九點四六兆千公尺。」

「正是我們之間的距離……」

妳說這是妳的Ina和Mama[6]之間的愛情故事，妳對我說：「這樣的光年距離會不會出現在我們之間？」我覺察到我正為妳這句話心有所動，情愫生起。我知道這是我正興起佛洛伊德說的「反移情」。妳對我訴說了妳對我的內在情意。我引導妳與我共同檢視了我們之間。夜無盡的黑，無邊的暗，妳說在黑暗總是會流淚。所以妳找了我，妳說妳需要心理諮商。但發現了內心正期待著我們之間……

「Kaliting，妳內心渴望愛情，一個懂妳、愛妳的人。我正在瞭解妳，我正在陪著妳，我愛著妳，但我們之間是有界限的——是屬於諮商的關係。」

[6] 阿美族語，指父親。

Kaliting的淚一滴、兩滴流出。淚，洗淨清明，Kaliting幽幽說：「我有惋惜的情緒生起，我對自己說：『Kaliting，請接受這樣的惋惜，臣服它、接納它！』」

我相信妳願意這樣作。

妳接著問我：「這樣做，有效嗎？」

我同理妳的疑惑，「Kaliting，回到當下，接納一切，默默地、靜靜地、清清楚楚地感知，能量會像樹苗一點一點地在你的心園中成長。」

在囂亂雜聲的世界裡，內在微不足道聲音，眾人聽不見。但妳不但會聽見，而且還會看見妳的內在。因為妳會默然地關注，關注內在的極弱音，不帶言語，用心傾聽。那一刻一切都沉默了，那是沉思的力量，那是覺察的力量。

我看到妳眼角泛淚，「Kaliting，妳聽到了，而且是打心底聽到了。」接著妳熱淚盈眶。這一路，妳走的艱辛，心的撕裂聲是一陣接著一陣地刺入耳朵。妳總裝得一切沒事，看不見在黑暗中哭泣的內在，痛苦、難過、悲傷……像是淒涼的夜雨，點點滴滴打落在破碎的心上……

妳感謝道：「只有你可以聽見我，用溫暖的話語暖了我的心，停了那不斷的撕裂。」

此刻，妳知道妳不再是一個人，而是會有人陪妳，伴妳，一同笑！一同哭！

妳知道那個人是誰了，我聽見妳說：「我不在將自己放在光年之外，我將自己放回到自己的那顆心裡，我知道我正是那陪伴我自己的人，有能力滋養我自己的一顆心。」

我對妳微微一笑，抬頭仰望夜空，繁星點點。我瞧見妳的淚眼與妳那顆溫柔的心，如許地存在，而且有力……

同志之愛

Amis湯姆男孩

阿美族是陽光的民族。

我在東海岸成長，晨曦時，朝霞彩雲，海面波光粼粼。此刻，Ina會播放〈美好的日子〉，唱著，「今天是美好的日子，可以撿柴，可以打獵、可以捕魚……」阿美族如海洋一般地溫柔、包容……但我的心裡打小就有一朵雲，隨著成長，慢慢地堆積成烏雲，只有進到屬於自己的國度才會散去，重現陽光。其餘時刻都是假裝，假裝有陽光。

小時候，我喜歡到溪畔，拿小石頭丟向溪裡，沒入後，溪水仍潺潺前奔。我常常想像著，石頭沉到水裡，會到那兒去了？若石頭落在屬於它的世界中，它會很快樂，若不是……應當像我現在的境狀吧！

我花了好久的時間，才有勇氣踏進醫院和心理師談我內心最深的祕密。畢竟，這個祕密在我內心中埋了三十個年頭，我一直隱藏著。我對心理師說：「同性戀者是裝錯軀殼的靈魂。常說這句話的人，真的瞭解同志嗎？用裝『錯』來形容同性戀，我不舒服，而且厭惡！」

心理師的溫柔與溫暖讓我完全傾訴我的感覺，「在我成長的過程中，家裡是基督教家庭，我的Mama是長老，每週週日都要上教會禮拜，Ina將我打扮得像小公主，但我並不喜歡穿女生的衣服。每年阿美族的各種祭典，Ina會要我穿上傳統的服飾和女生一起，可是我就是不樂意，我寧願和男生一樣，到海裡抓魚，到田裡抓青蛙，到溪裡抓蝦。那時起，我就覺得自己和其他女孩不一樣了。Ina和Mama對我是無盡的愛，他們心頭也覺得有些異樣，但是我從來沒有勇氣與他們分享我的感覺。」

心理師同理回應我，「社會的偏見與歧視，我感覺讓妳過得很辛苦。」

我低下頭，透露心中的無奈，「男男也好，女女也好，在我們的內心深處都渴望溫暖、呵護與愛情。但存活在社會讓我們相知苦，相愛更苦。誰不願意站在多數邊呢！少數在這個社會上代表著孤單、寂寞與非我族類。」

後來我中止了諮商，並不是心理師不好，而是因為她是異性戀，雖然她們努力地同理我的遭遇，但……我還是停止了與她的諮商關係。

從外表看，我的皮膚是黝黑的，短髮，在阿美族裡是少數了。我曾經有過長髮，符合多數人對女孩的期待，期待著女孩能夠溫柔、乖巧、順服與善解人意，可是我就做不到，我的血裡頭有一股野性，在部落時，我可以進到山裡狩獵，在大海捕魚。我也曾想像過可以與男孩勾起愛情，但是我實在做不到，這條路走得很辛苦。

有個同志男孩，很年輕，有靈秀氣質，他付了慘痛的代價才搞懂自己。國小時，他發現他不喜歡女生；到了國中進到青春期，他看到赤裸的男孩會有感覺，這個現象是他內心最深處的祕密，也最困擾著他，甚至連情色的夢，對象都是男孩。他想明白自己，想澈底瞭解自己，他找了村裡頭的小學五年級的女生，試做大人做的事，結果他無法完成……落得保護管束的烙印。

為了試試自己，那一次，也是唯一的一次，我了交男友——小諭。他是一位很帥的阿美族男子，身材健美。那晚是Ilisin[7]的最後一晚，屬於年輕人的活動——求偶之夜。阿美族的青年男女在迷人的月光下，進行羅曼蒂克的擇偶求愛，從夜晚持續進行到隔日清晨。

我以為我戀愛了，與小諭交往一個月後，他吻了我。當小諭的舌纏繞著我的舌時，我只感覺我快沒呼吸了。

我推開了他。

小諭說：「妳不喜歡我嗎？」

---

[7] 指阿美族豐年祭。

我搖搖頭，「不是你想的……」

小諭緊緊擁抱我，我再度試著接受他的撫摸，小諭很溫柔觸碰我的身體，但是我的反應很僵硬，身體很緊繃，心情很緊張。尤當小諭拉我的手觸碰他的敏感。我心跳得很快，簡直無法承受，於是我大力地推開他，「小諭，很抱歉，我沒有辦法。」

「對不起，弄痛妳了嗎？能不能告訴我怎麼一回事？」

「我喜歡你，可是我的感覺……」

「怎麼了？」

「感覺……感覺不對。」

沒多久，小諭就和我分手了。

多年來我一直在做流浪都市的阿美族，我完全是中性偏男性的打扮。只有回家才略為修改，Ina和Mama似乎也默默接受。

我一直沒向他們出櫃，因為我害怕。

父母親是同志最心痛的一塊，同志能對朋友出櫃，但很少能親自向雙親出櫃的。有一位漢族男同志——哲。我們是好朋友，在八月父親節過後的某天晚上，他說：「心情不好。」他帶著珍藏多年的Johnnie Walker找我，他一杯接著一杯。

「喝慢點，會醉的。」

「我只想大醉一場。」他自乾了一杯，又倒滿一杯，哲哭著說：「我很痛苦！他們是我最在乎的人。」

「發生什麼事了？」

「我出櫃了。」哲在今年初曾告訴我想要向父母出櫃。

「向父母親嗎？」

他點點頭，哭著說：「我在父親節餐敘上，向全家人出櫃，我告訴家人不要再為我安排相親，我真的不想害到相親的女孩。」

我想那頓飯應該沒有人再吃得下去，因為哲是獨子，上面有兩個姊姊，全家人對他期望很深。

哲自乾了一杯酒，又將Johnnie Walker倒滿酒杯，「那晚父親話說的很重：『我有一個兒子，但今天晚上……就在這個爸爸節的晚上，我的兒子消失了。我再也不認得他了！』

「母親說：『兒子，你為什麼要這麼殘忍？』然後，她抱著我大哭……」

我一句話都講不出來，可以做的就是陪著哲同哭同泣。

我在基督教家庭中成長，我因為性傾向求教於教會同工，她銳利的眼神似乎看出我的困擾，「教會是不允許這樣子的事情發生的，部落也無法接受。」

當然，我沒有承認我是，「如果，真的有人是的話……教會還會接納當事人嗎？」

同工神情嚴肅，「如果真的是，就必須要完全的回到信仰裡，倚靠聖經的話語專心的侍主。」接下來的話，更刺傷了我的心。「如果是男男，就不允許再與男人在一起；如果是女女，就不允許再與女人在一起。不放縱自己的情慾，專心侍主，才能得到救贖。」

可是信仰上，不是神愛世人嗎？

為何同志之愛就要被救贖呢？

如果愛的本質是一樣的，異性戀——男愛女，女愛男，願意為彼此犧牲，共度一生，這樣的愛，社會願意接受；那麼男愛男、女愛女，也願意為彼此犧牲，共度一生，為何就要被社會批判呢？

我愛我的信仰！我愛我的部落！

我盼望著教會能大聲說：「所有的弟兄、姊妹，不論種族、政治立場，還有性別為何？也不管有什麼樣的差異？全部都是我的弟兄，都是我的姊妹，教會都願意接納！」

可是當教友在譴責同志時，我要如何同心祈禱？高喊：「阿們！」我的心在淌血，我獨自在沙灘哭泣，看著溫柔的藍海，溫柔的藍天，我問：「親愛的天父，祢真的要遺棄我了嗎？」

祂沉默著。

但是我仍相信上帝是有愛的，不分種族、性別、國籍，神就是愛。上帝愛我，何以需要由別人來認證呢？我用自己的方式親近上帝。

我信仰神，同時我也渴望愛情。

在愛情上，同志往往是激烈的，談起戀愛來驚天動地。多年前我在臺北街頭上，看過一對伴侶在打架互罵「臭玻璃」、「爛香蕉」，其中一位衝到我的面前，對我說：『你知道他的菊花有多爛嗎？』另一位立刻衝過來給他一拳。我閃得遠遠的！他們打得頭破血流，又相擁而泣，心疼地責怪對方為何不躲？不閃開？路人驚訝的眼神，以為他們失心瘋了，最後是警察把他們帶到派出所。

異性戀者在社會可以很明確地表達出自我。可是當我進到團體裡，首先我要偵測他們是不是友善的？願不願意接受我？若是有不安的感覺，我會選擇隱藏起來，完全封閉內在自我。

終於，我認識了小芯。經常與小芯擁抱著互訴心語。小芯是泰雅族，圈內人。

與小芯在一起，我覺得自己是存在的，不必害怕。

小芯小時候母親離家，父親酗酒。長大後被迫嫁人，婚姻在她身上、心上留下一道道的傷痕——所幸，女兒小純是她的最大支柱。

小芯在成長的過程中，鮮少有家的感覺，逃離了家暴與酗酒的父親之後，為了生存，在幽暗的巷子、在公廁、在廉價的旅館中，一次又一次地讓陌生人在她的身體上游移，她會配合著對方的需求。

有一回小芯對我說：「那些人像黑蛇一樣直鑽入到我的身體深處，緊緊地咬住我的肉體。晚上睡覺，有時夢境會浮現一張張不認識的臉，化作無數條的黑蛇，將我纏住拖到黑暗中。」小芯蜷著身子，微微顫抖，「直到我感覺到自己也融入了黑暗，進到無邊的恐懼才會驚醒，並冒出一身冷汗。」

婚後的小芯，進到無盡的爭吵中，讓她感到疲倦。手臂上、內心上一道一道的傷口，小芯睡得並不安穩，稍有聲響，便醒了過來，常在幽幽長夜，咀嚼著孤寂。

直到我們在一起，尋求溫暖，尋求療癒，舔拭彼此的傷口，才得以好眠。躺在床上，我們赤裸著身子，溫存著，像是躺在一葉扁舟，在平靜的海面上輕輕地晃著。頓時，我感到幸福。

可是……這個幸福沒有多久。小芯仍然與男人有接觸，賺取金錢養孩子。

我哭著對小芯說：「妳到底是把我當什麼？」

小芯哭著回應：「我愛妳，可是我沒有辦法，現實的環境就是如此，我有小純要養……」

那一年，我和小芯沒有過完冬天。小芯裸著身在一間小旅館內，胸口插著刀。小純被社會局安置了。我整理小芯的遺物，發現了小芯的筆記……

我越來越不認識自己了。

臺北的冬雨讓人直打哆嗦。我好希望自己可以消失。內在最深，最不堪的回憶，經常的出現夢中。

爸爸是巨靈，我和媽媽都在他的巨掌中過日子。媽媽是被父親強暴後結婚的，她把我與爸爸綁在一起，她對我有不同情緒，喜歡、討厭、快樂、痛苦……她會告訴我，她是如何地被爸爸強暴、毆打……媽媽後來跑了。爸爸在媽媽離家後，心情差到極點了，經常喝酒。我養了一隻小狗，媽媽走了之後，狗就是我的親人。那晚爸爸喝醉了，將狗狗趕了出去，我大哭著。他很生氣，打得我滿屋子跑，罵我是妓女。我看見爸爸猙獰的面孔，嚇得噤聲。就在那一晚，他衝進了我的房間怒罵媽媽，責怪我，「小芯，妳為什麼長得那麼像她？」

然後，我在我洗得很乾淨的白床單上，再也尋不到我的純真……而我只有十三歲。完事之後，他醉倒在我的床上，吐得滿床的穢物後呼呼大睡。

隔天爸爸帶我去吃火鍋，買了洋娃娃給我，要抵消我身體上的疼痛，也要抵消掉他的罪咎感。溫柔地要求我不能說出這件事，買了一張新的床與新的床單給我。此後，每隔幾天，巨靈就會在深夜降臨到那張床，一寸一寸地撕裂我的身體，直到我消失在黑暗中，隔天天亮後身體又會一寸寸地重組起來，爸爸會拿床單送洗，換上乾淨的床單。等我放學後，爸爸又會帶我去吃好吃的，有時還會看電影。

好像一切沒有發生過。

可是我老是感覺身體充滿污穢，擔心在學校上課，與同學近身講話，會吐出墨色的體液，染黑了同學潔白的制服。

那晚他喝醉了，帶著酒氣來了，這張床是他的舞臺，他想要上演我撕裂我的身體的戲碼，那天我極力哭喊著：「我是你的女兒，你不可以這樣對我！」

沒想到他的醉言醉語是——「遲早別人會用，我先教妳！」

我離家了。
我的冬天從那天起，一直冷到現在。

原來小芯……

我一直認為我的陪伴、我的愛會讓她走出來，可是並未如我所願，她寫了小詩〈潮濕〉……

此刻
我的心沒有光
很潮濕
很冷
我好想看太陽
潮濕拉住我，冷冷說：
「妳是我的，不准走。」

看到這兒，我已淚流滿面了。

小芯的後事，我以海葬處理。和小芯相處的這些日子，我分享了阿美族部落一些好玩的事情，談到我和男生到大海游泳、潛水，抓龍蝦、海膽的趣事。

小芯很羨慕，「我從來沒這麼玩過。」

「好啊！等那一天，我們兩個帶著小純一起回到長濱。」

「嗯！一定喲！」

這一幕就像昨天一樣。

在陽光燦爛的那一天，我抱著小芯回到部落，當我聽到〈美好的日子〉，唱著熟悉的族語，我哭了。Ina和Mama依舊用最大的愛包容我，我只說小芯是閨蜜，或許他們看得出來，但沒說出口，只是同理著我的哀戚，擁抱我的悲傷，拭淨我的淚水，告訴我：「孩子，不論妳的決定是什麼？妳永永遠遠都是Ina和Mama的孩子。」Ina和Mama緊緊抱著我，在他們的懷中，我狠狠地哭個痛快。

我低調地僱了漁船，開到外海，浪沫碎花拍打著船身，告別祈禱後，我將小芯的骨灰盒伴隨鮮花拋灑入海，看著小芯浮浮沉沉。我想起幾天前，我悲傷到極點，寫了一首詩〈那一天〉……

我的愛　妳的愛
融成了一顆心
我們以為時間很多
總說等到有空時
我們再好好愛這顆心
等呀　等呀
突然間　心碎了
我們以為時間很多
以為會有那一天
我們可以好好愛這顆心
但終就沒有了
那一天

我看著家鄉，海灘、青山，似乎也瞧見站在溪畔丟小石頭的阿美族小女孩。我自語：「落入溪中的小石頭啊！有沒有被丟擲到心裡頭想要去的地方呀？」

等我回來，帶你走

「等我回來，帶你走。」是一對原住民同志W和r，來我這兒做伴侶諮商時，說的一個故事。

W和r是他們的別號，他們承受社會極大異樣的眼光，但他們勇敢地愛著彼此，告訴眾人，我們是相愛的，相知的，更是相守的，可是只有W的母親願意接納W與r。

W和r說：「這故事發生在四十多年前，一個海邊的小部落……」

沙馬哈、馬耀在部落裡，他們是如兄弟一般親密的哥兒們，不過在私下，他們的情感上卻是一個不能說的祕密，而這個祕密只能隱藏在兄弟般的情感裡。

沙馬哈努力工作一如他的名子，在族語是勤奮男人的意思；馬耀個性柔和，喜歡和沙馬哈在一起，一如他的名子，在族語是守護月亮旁的星星的意思。

沙馬哈離鄉外出打拼，準備遠洋捕漁。離開部落的前一晚是個明月夜，倆人在沙灘上，聽著浪花拍岸，沙馬哈握著馬耀的手，「等我回來。」

語畢，沙馬哈就與馬耀道別了，馬耀看著沙馬哈的身影，輕聲自語：「我等你。」抬頭看著一輪皎潔的明月，再一次地訴說心語：「沙馬哈，我等你。」

這期間馬耀只能將對沙馬哈的思念，埋在心底，在有月亮的晚上，獨自到無人的海邊，傾吐對沙馬哈的相思，幽幽念念，總是一個人。月光下的孤獨，海灘上的孤獨，他在日記寫上……

孤獨　去了　又回來了
孤獨　去了海灘上　又回來了
孤獨　去了月光下　又回來了
孤獨的我　總是去了　又孤獨地回來了

馬耀想著那個人，想著這禁忌的愛。心很痛！但這痛不容馬耀說出來。像是針扎心一樣，拿針來扎心，可以忍，可以預知這份疼，因為知道它要扎進來了。可這針卻埋在馬耀的心頭裡，左動右動橫豎都會動到針，針一動，心就疼，疼得不許流淚。馬耀在常人面前要笑，要笑著告訴許多人，「我沒事，我很好……」可是馬耀知道心頭那兒流的不是淚，是血。

十年後，沙馬哈回到部落，算是衣錦還鄉了。馬耀與沙馬哈重逢，但是感覺變了，沙馬哈背叛過，心也受傷過，有一份愧疚，也有一份情傷，他不敢再相信愛，對於馬耀的愛只會一味的逃避。

而馬耀仍是一無所有，面對馬耀再次出現在沙馬哈面前，沙馬哈苦笑著，痛苦著，但在族人的眼光，他們仍像是親兄弟一般的親。

沙馬哈的家人殺了一頭豬，為沙馬哈接風洗塵，沙馬哈也宣佈，還要再出海遠洋補魚，希望族人為他祝福。沙馬哈帶著醉意向馬耀敬酒，兩人尷尬地乾杯，沙馬哈順勢塞了一張小卡片給馬耀。隔日，沙馬哈離鄉了。

又是另一個十年，十年後他賺了更多的錢，回到部落，趕忙地找馬耀……

倆人敘舊話當年，心中有著一道無形的隔閡。一個小男孩跑進來，一雙靈活的大眼笑笑地問馬耀：「爸爸，他是誰？」

沙馬哈心頭怔住了，也明白了。淡淡地問：「十年前，你沒有看到我給你的卡片嗎？」

馬耀歉然地說：「那晚我喝醉了，醒來後，找不到卡片了。」

沙馬哈在部落住了一晚，隔天一早就開車離開了。馬耀透過窗目送著沙馬哈，馬耀知道沙馬哈不會再回部落了。馬耀打開滿是灰塵的木箱，從最底部抽出了一張泛黃的小卡片，一抹金黃色的晨陽落在卡片，上頭寫著……

「等我。要等我回來，帶你走。　沙馬哈。」

W和r說：「我們絕不要像沙馬哈、馬耀一樣。」

我感受到「愛」在他們之間流動著，那種流動是快樂的。但是眾人的歧視眼光讓他們痛苦，為此他們到醫院尋求心理諮商，學著如何讓自己好過些。

可惜的是整個心理諮商療程沒有結束。

在最後一次諮商的前一天，他們家遭了火災，W和r雙雙罹難身亡。我看著這則電視新聞報導感覺驚訝、無奈與悲傷。

後來我聽說，r的母親來到了火災現場，找到了他的一些遺物，發現一些殘殘破破的，零零碎碎的字母，拼出後——“We die together.”，她的心碎了，認為W拐騙她的孩子一起殉情，憤恨不平地大罵W，指責W的母親，「怎麼教孩子的……」

得知這個消息的那一晚，我吃不下飯，獨自飲酒，遙祭W和r，醉憶起他們第一次手牽著手在諮商室接受諮商的情景——

「可不可以告訴心理師，怎麼會取W和r的別號呢？」

「我是W。」

「我是r。」

他們異口同聲說：「We love each other，我們彼此相愛……」W和r牽著手，「有始……有終……」

然後，W與r彼此相視微笑。我感覺到，那股藏在微笑裡的愛，好似燦爛的陽光。

Masaw同志

Masaw是一位很帥的泰雅族原住民。

有著深邃的五官，今年三十五歲，研究所碩士，擔任國小老師，母親是公職，父親是牧師，有四個妹妹，全家都是基督徒。他是教職身分，當初醫師轉介Masaw諮商時，我與Masaw通電話協調晤談日期，因Masaw要上課，所以只能等到寒假。這一等三個月就過去了，一般來說，間隔這麼久，大部分的人通常都已經自我調適了，而會婉拒諮商。Masaw不同，我與他通電話時，仍然透著迫切需要諮商的語氣，直說：「我等了很久了。」

在諮商室內，Masaw說：「我在讀國小、國中時，很沒有自信，容易自卑、緊張，常常被同學捉弄到哭。」

「我感覺到Masaw小得時候過得很辛苦，高中之後呢？」

「高中以後，好一點了。大學就這樣平平地……畢業了，沒什麼好，沒什麼壞。」

「接下來談談你的情感狀況，好嗎？」對於個案而言，心理師畢竟是陌生人，在這個部分，我會格外地注意到個案的感受，「如果有些是比較敏感，不易回答的問題，Masaw可以拒絕，等你準備好時，再說也可以？」

Masaw頓了一會兒，「心理師，你一開始說我可以錄音，現在可以嗎？」

我微笑著回應：「可以呀。」從這個舉動，看出Masaw在情感這一方面是敏感的。

「Masaw，有交往過女友嗎？」

「曾經交往過兩個。」

「有過親密接觸嗎？」

Masaw搖搖頭，「我們沒有牽過手。」

我心中有些假設出現了，但這個假設，畢竟是私人議題，得慢慢地引導。我心想先擱置。「接著心理師想瞭解自殺議題，Masaw曾經有自殺意念？或是行為嗎？」

「五年前唸碩士，快畢業時，有一回我到教學大樓十樓陽臺想要跳下去。」

「那時發生了什麼事？」

「論文寫不出來，以及與好朋友的關係也變得很糟糕，生活有壓力和強烈的失落感！」

「論文寫作是讀研究所的研究生都會面臨到的狀況，確實是個壓力！」我思忖著「和好朋友的關係」應該是個關鍵，「和好朋友的關係，能不能再多說一點？」

「那時我的室友和我是無話不談，我常常對他吐露心事，有一天他不理我了，我感覺很難過！很悲傷！我因為這件事情被導師送到輔導中心，接受心理師的心理輔導，談到哭泣。」

「我感覺到Masaw是很重感情的人。」我心已了然，思考該如何表達了。

「Masaw，那件事情之後，遇到比較談得來的男性朋友，你的感覺是什麼？」

「很開心！很快樂！我也會很依賴他，想與他多聊聊。」

「我接下來講的話，會有些直接，如果你感覺不舒服要和我說喔！」我大膽說：「那種感覺就像是在談戀愛一樣。」

Masaw一臉驚奇，隨後神情黯然，「前一位心理師也是如此，感覺我是同性戀，一直在這個議題打轉。」

一般而言，性別認同的衝擊會是在國中到高中階段，卅多歲仍然困擾著，應該是受到社會角色的眼光影響，換句話說是自我做的不是心理想做的，而是符合別人的期待。當然我在解釋時必須很小心，畢竟這個是Masaw心中卡著的那一點，背後有家人、有信仰、有情慾，以及對自我的認同，這些在心裡形成一個旋渦，Masaw在裡面在打轉、在掙扎、在痛苦。我將我的想法化為語言，字字斟酌後，溫柔地告訴了Masaw。

Masaw紅著眼眶點點頭，「其實這個……一直困擾我很久了，我也不清楚自己是不是同性戀？」

「Masaw，你第一次的情慾夢發生在何時？對象是男？是女？」

「是在高中時，對象是班上的籃球隊長……」Masaw抿了唇吞口水，「他是男的……我那時候很害怕，怎麼會這個樣子？」

我問Masaw：「你希望從心理諮商的過程中，獲得什麼樣的協助呢？或是想針對那個部分來談呢？」

Masaw思考，「心理師，因為某些緣故，我不想處理性別，而想處理如何面對男性與男性間的關係失落。」

「那個緣故是父母的關係嗎？」

Masaw點點頭，「我爸爸是教會的牧師，不允許這樣子的事情發生在我的身上。」

我晤談過許多男性多元性別議題，有的是男男失戀，因情傷而來求助；有一位是男性想變成女性，在與男友交往時遇到挫折而來求助。Masaw這樣子的狀況，我是頭一次遇到。傍晚，我和醫師討論到這個議題，醫師的建議，「先處理他在關係上的失落，性別認同目前仍有限制，等關係失落調整好了，再看看機緣吧！」

離開醫院時，天已完全黑了。我想起Masaw說：「我爸爸是教會的牧師，不允許這樣子的事情發生在我的身上。」是否這想法就像是一道誡命，一直烙在Masaw的身上，究竟誰能解除呢？這疑惑縈繞在我的心頭上。

天暗下來了，寒風直吹。我在醫院的陽台上，看著同仁下班離去，一個個縮著脖子壓低身形快步前行，分不清是男？是女？

分離

天下雨了，趕走了暑熱。

我泡著一杯熱茶，到家附近的涼亭，端詳著水杯裡的茶水，它冒著熱氣。

我觀雨、聽雨，大雨傾盆而下，在泥地上匯成了一注一注的流水，流到凹處，積成了小水潭，草和花負著雨水沉重地垂著頭。此時，坐在涼亭的我見到天空似潑墨畫一般，烏雲高高低低，不停地翻動。大雨落到小水潭，點點滴滴，跳散開來，零零亂亂。雨水帶著寒意，飄進涼亭，淋到我的臉頰和眼鏡，鏡片起霧，眼前一片迷茫。依稀中，我看到遠方雲遮的邈邈青山。

在這千千雨絲中，我憶起個案高與瑜，想起那時高接受諮商的情景……

高是為愛所困的個案，她是原住民，排灣族的女同志。長髮，一身古銅色。原本她與瑜是伴侶，瑜陪過高來過我們精神科，高做心理諮商時，瑜就靜靜地在諮商室外頭等著。她的頭髮很短，皮膚白晰，像個男孩。高說過：「瑜是平地人，家裡是堅決地反同。那怕是同婚法案通過了！那怕是已經知道瑜是同志了！在瑜的家裡，瑜的父母總會毫不留情地批判同性戀。」

高傾訴與瑜分離的情景——

那天，天空是陰沉的，堆滿了烏雲，高與瑜坐在海邊涼亭。瑜說：「高，妳答應我，以後不要再找我了。」高沒多說什麼，吻了她的額頭，離開了涼亭。

高倒著走，揮揮手，看著瑜。天飄起濛濛細雨，高倒著跑起來了，吶喊：「瑜，妳要保重喔！我好愛妳……有緣再見。」

瑜站起來，顫顫地動唇，似乎在說：「高，對不起！對不起！我也愛妳。」

高的頭髮、臉旁沾滿了雨水。最後，索性轉身往前跑了。邊跑，邊吶喊著。這時，高分不清臉上是淚，還是雨？

後來，高收到瑜的信——

信，是一種思念。

寫了信，思念就成了文字，當妳讀到這些文字時，我的思念就融入了妳的思念。記得那天晚上的夜風吹來涼意，我們在樓梯間遮著風，但遮不住彼此的渴望。

妳問：「我們是否可以住在一起？」

我抬看著車來車往，路燈影曳。這句勾起我的無限想像——我的內心激動地想說：「好呀！當然願意。」可是一個念頭轉來……我做得到嗎？

千迴百轉的念頭，幻成一個個問號？該怎麼做？該怎麼做？

我愛妳！我卻愛得無能為力。想念妳時，我得一個人，擦乾眼淚，若無其事的過著日子。我愛妳！我卻要將那股愛隱藏起來。我甚至擔心在外面偶遇時，我得假裝我們的關係，然後留下滿心的悸動。我愛妳。愛妳！愛妳！愛妳！因為愛妳，我甚至願意——若是那一天不得不分離時，請你不要說分手！我會告訴我自己。那只是暫時的離開。於是我開始等待，我會告訴自己，就像是爬過牆頭的蔓草，我看不見但妳依然存在。三千微塵，每顆微塵都藏盡了我的思念。金剛經上說：「一切有為法，如夢幻泡影，如露亦如電，應作如是觀。」如果每個泡影能映出你的一切，在如露的霎時裡，在如電的消逝中，我也要好好端詳，看著妳的一切……只為愛妳。

高細細說完與瑜的點點滴滴之後，我請高寫出自己的感受——

我知道我在等著看妳，等待時機看妳。

就算是天冷，也要看妳。

就算是天雨，也要看妳。

就算只有幾秒鐘，也要看妳。

他們說，我們的愛是不允許的，但我就是想要看妳。

如果，只能允許剎時擁抱妳；那剎時將是我與妳共有的世界，所以我更要去看看妳。我知道，黑夜才是屬於我的，黑夜才能和妳共著呼吸。

我不再咒詛黑夜了，白天我要努力地過日子。在心裡，我要留下妳的空間。好為黑夜中的我和妳，畫上那淡淡的一筆……

高寫完後，嘆了一口氣。我請她唸出來，她一字一句誦讀著，聲音慢慢哽咽，最後哭泣了。高抽紙拭淚。我同理高的心，「我感覺到瑜在妳心中有個位置，讓妳願意在黑夜中去看瑜。」

「唉！心理師，這段愛在我心中，有許多種不同的感受。」

「妳願意說出來嗎？」

高沉默了，過一會兒，「我們的愛是禁忌的，但我對自己說：『愛情有許多種不同存在的方式。』」高神情黯然，「唉！我們只能存在於夜裡。天一黑，我們變成了幽靈，在黑暗中尋找對方。」

高與瑜彼此愛得辛苦。我輕聲說：「愛情是沒有對與錯的，卻讓人願意為對方受苦。」

「是如此呀！和瑜在一起，天一亮，我們又得回到各自的世界，在白日中，我好幾次因著思念，呼吸急促，神情不寧，現實中，每一分每一秒都是很難捱的時光。」

「瑜瞭解你的感受嗎？」

高點頭，「我曾經告訴過瑜，也知道瑜的心情，有時我會感受到我的心已經是為愛痴狂了，但我又得讓外在的神情平靜無事……」高的眼眶紅濕，「這樣子的心情是旁人無法理解的。」

高與瑜之間的愛情糾結，讓我心頭一緊，「高，我要謝謝妳願意與我分享妳與瑜的故事，還有妳的感受，我感覺到妳的情緒有無奈、難過。我也感覺到在無奈、難過的背後中，有妳們彼此之間的相知相惜。」

高的眼眶泛淚，彷彿想起與瑜分離的場景，「你說的，我懂。但是心理師，你告訴我，為何我的心仍然不願意接受瑜離開了我呢？」

我沉默了。那天在諮商室裡，我只聽見高的啜泣聲。

此刻，我看到天空雨雲聚集後，散了。接著又聚集了，烏雲填補了雲層隙縫中的藍天。天下再度起了雨，這時有人拿傘，有人穿雨衣，都不想淋雨，都在躲著雨。我心幽然地感嘆！默默地接受這一切，靜聽雨在說些什麼？想好好體會雨的感覺。

但……一片寂然。只見石桌、石椅，以及一隻水杯。

而我在涼亭中，正看著千絲、萬絲的雨，聽到雨聲淅淅瀝瀝……

還有高的啜泣聲。

父執輩

爸爸的刀

在山林中，一頭壯碩的山豬掉進陷阱裡，山豬夾緊緊地夾住豬腳。Akong[8]手中拿著刀，躡躡前行。山豬發覺有人接近，奮力地掙脫，但山豬夾的鐵鏈緊緊地綁在一棵雙人環抱的大樹，山豬愈是掙動，夾得愈緊，牠痛得受不了，四處衝撞。

Akong一個不注意被山豬頂到大腿內側，身子趔趔趄趄，Mama看到了，連忙地將Akong帶到安全的地方，只聽見山豬哀嚎，Mama檢查Akong的傷勢，是深及肌肉層的撕裂傷。

Mama做了簡單的包紮，要我照顧Akong。危急中，Akong叮嚀Mama要小心，並將手中的刀交給Mama。

Mama屏息慢慢靠近山豬，牠看到有人接近，猛衝過去，Mama先拿長矛往豬的心臟刺下去，隨即再補了一刀，搏鬥許久終於將山豬制伏，Mama已經渾身浴血。

8 阿美族語，指祖父輩的男性長者。

這時另一隻小山豬衝過來，要衝撞我和受傷的Akong。

我發抖，「O cerenoh ako to talaw.」（我很害怕。）

Akong告訴我：「O macodahay a maemin ko kapah no Pangcah[9].」（阿美族的青年都很勇敢。）

Mama染了一身紅，分不清是豬的血，還是奮戰後流下的血，睜著一雙大眼瞪著我，將他手上的刀交給我，把我推向前去，就在小山豬衝向我的那一刻，我右手拿起刀插進了豬的身體……

Akong讚賞，「Kiemelay ko faloco' a wawa.」（孩子，你有一顆勇敢的心。）

我對Mama揮揮手，高興地大叫：「Mama，我很勇敢嗎？」

Mama對我微微笑。隨後，整個畫面慢慢地暗下，Akong和Mama消失了。

我驚醒了！發覺眼角流下了淚水。

我起床打開桌燈，將燈光調到最柔和。

我到了浴室洗了一把臉，想將剛剛的夢境洗掉，我端詳了鏡中的我，雙眼還兀自濕紅著。我一直卡在那句話中，「Mama，我很勇敢嗎？」

我是阿美族，名子是Koraw，住在海天一色的東海岸，有青青高山，藍藍的大海。Akong在我國小時就過世了，Mama也離開了我，就葬在離家不遠的墓地。

[9] 阿美族語「Pangcah」的意思是「人」或「同族」，而「Amis」是「北方」的意思。是他族對阿美族的稱呼。阿美族人還是自稱「Pangcah」居多。

躺在棺木裡的Mama還剩些什麼？應該只有白骨吧！骨骼上的肉，已經消腐了，也許還留有絲絲的白髮。對了，還有兩把刀，是Mama要求死後一定要放在棺木裡，因為Akong也是將自己的刀放在棺木裡陪著他。

這些往事已經過了許久！但Mama的形象還是很鮮明地在我的記憶裡。我不知道我為什麼會對Mama揮手大叫：「Mama，我很勇敢嗎？」其實在Mama生前，我幾乎很少和他說話。我的Ina是Payrang[10]，我小時候，他們就離婚了，由Ina撫養我。我在都市成長，我一直不認為自己是原住民，直到母親過世了，Mama把我接走了，住在這個小小的村落。

Mama有兩段婚姻，與Ina結婚前的那段婚姻生了兩個姊姊。

我來依親時是國小四年級！剛來時，我幾乎都不講話，由兩個姊姊照顧我。鄉下地方晚上沒有路燈，一片黑暗，常常令我害怕，而Mama卻一直要帶著我去溪裡抓魚。

Mama笑笑說：「Karatalaw ci Koraw ramakat to dadaya.」（Koraw很膽小，不敢在夜晚走路。）

他摸著我的頭，「O macodahay ko Pangcah.（勇敢的阿美族。）」接著他說著不流利的國語，「不勇敢……不行，要做勇敢的wawa[11]！」

Mama從不強迫我做不喜歡的事，但我老是快樂不起來，經常假想著Ina就在藍

---

10 阿美族人對漢族的稱呼。

11 阿美族語，指小孩。

藍的天、藍藍的海，我會與天空、大海說話。一直在想著過世的Ina，甚至內化到我的內心了，是不是我不好？才讓Ina過世。族裡的人在說Ina是Payrang，起先我聽不懂，我直接聯想到兒歌——「白浪滔滔，我不怕……」我想Ina是大海裡美麗的白浪拍岸而來，拍岸而去。

後來知道Payrang，指著是漢人，但也有壞人的意思。我無法將美麗的白浪與壞人聯想在一起。那時起，我開始不喜歡阿美族人了。

Mama不曾打罵過我，讓我自由的地成長與發展，但我和他就像陌生人，我覺得他的語言充滿無知和荒謬，我會刻意避開他，總是一個人躲進房間裡。

Ina與Mama是不同族群的人，我將我對Ina的思念轉成不滿。對部落、阿美族，甚至整個原住民，我的內心衍生出一股矛盾，我不願見到他們，但我卻同他們生活在一起。當我在族人面前，我會覺得我自己是外人；可是在漢民族前，我會隱藏原住民身分，融入他們後，我又會想起我是阿美族人。

Mama沒有讀過什麼書，但他覺察到我的矛盾，他總是笑著說：「Koraw，外表好像是Payrang，卻流著Pangcah的血。」

我不願意講族語，不願去理解族人的文化，卻流著Pangcah的血。這個矛盾壓得我好累！好累！我決定逃了。國中畢業後，我唸了軍校。Mama對於我唸軍校的決定，沒有多說什麼，只說了：「唸了，就要勇敢讀下去。要做勇敢的Pangcah，知不知道？」

十八歲，我被保送直升官校。那年暑假時，部落要辦成年禮，Mama很期待我回來，透過大姊來信，要我請假回鄉。部落的成年禮都是與豐年祭一同舉行，我不想參加，寧願在烈日下出操、流汗，接受嚴格的體能訓練。我回信告知：「父親大人，兒即將升官校，要接受入伍訓練，不克返鄉。」

官校畢業後，我成為國家的軍官到部隊服役，但我的心卻愈來愈迷惘。一旦長官、同僚知道我是原住民常常說：

「很會喝酒了喔！」

「應該會唱歌了，以後就做小型康樂表演。」

「可以參加體能戰技競賽。」

「原來你是阿美族，怎麼都看不出來？」

最後一句話是最讓我痛苦的一句話。每每我總會想起Mama說的：「Koraw外表好像是Payrang，卻流著Pangcah的血。」

我又要逃了，這次不只是逃家，還要逃離這些長官、同僚，逃離部隊，逃離對我身分感到驚訝的人。我通過了托福考試和留學測驗，爭取到教育部的公費留學，到美國研修心理學。國防部核准了我的申請。出國前，我回到故鄉，Mama很高興地殺豬設宴，臨行時Mama提醒我，別忘了自己是Pangcah的身分，說：「O macodahay a maemin ko kapah no Pangcah. Sacodahen ko faloco' kiso, ta pakalowid to tawo.」（阿美族的青年都很勇敢，你要有一顆勇敢的心才能夠戰勝過別人。）

到了國外我真正覺得孤單了。

教授心理劇課程的老師是位溫柔的女性，滿頭花白的髮絲，一口南方腔的英語，她的語氣充滿了陽光、溫暖。老師要我們進到內心中找到那個內在小孩，感受那位內在小孩。我感覺到了，我感覺到那位小男孩的寂寞，我沉浸在小男孩的孤獨裡，我知道那是內心受傷的小男孩，一個期待關愛的小男孩。

老師要我們選一條布，我選了一條上頭有點點七彩色澤的布。我聽著老師溫柔的話語，要我想像我是一個小孩，要我好好地觀察這條布，好好地與這條布互動；要我細細地聆聽內在的語言，細細地感受內在的想法。

這條布的七彩色澤像極了族人的傳統織布，有桃紅、亮黃、正綠，還有繽紛的圖案畫面。我溫柔地順著七彩的紋路撫摸著，眼角流下淚了，直覺地將布蓋在頭上，我想感受關懷與擁抱，多少的往事就像潮水湧現，頓時我知道，打小我就用封閉，就用逃避，來阻絕被忽略，被歧視的痛苦，但我的內心又渴望接近族人。透過這條布我看到朦朦的世界，就像我經常身處的迷惘，而我就在這個迷惘中活了下來。我的世界是個膽怯的世界，與真實有著一段差距，我一直追求認同，可是卻得不到認同。於是形成自以為是的認同，而這個認同是虛假的認同，而我卻看得比任何價值還要重要，為此那個內在的小男孩，他不斷地呼喊，不斷地哭泣，我卻裝著沒事的樣子。

老師同理我，擁抱我，溫柔地說：「我知道，我知道……孩子，哭吧！」

我倒在老師的懷中啜泣低呼：「Mama！Mama！」

窗外一片黑暗，室內燈光昏沉。

我觀想著我的念頭，想像著上帝的慈愛正呵護著我，容忍、關懷與接納。我無助地面對虛空，像個無助的孩子期盼Ina與Mama的擁抱，兩行淚水流下來了，我好想在他們的懷中大哭一場，洗淨我內心中的憂愁與哀傷。逐漸地，我覺察到胃的痙攣，一個悲痛湧上心頭，呼吸也急促起來……

在美國與其說是留學，毋寧說是自我的療癒，在完成學業前的最後一年，姊姊們要我趕回到臺灣，Mama已經是胃癌末期了，很希望見我最後一面。我那時在忙著畢業論文，我的指導教授就是那位心理劇的老師，要我趕回臺灣，做我人生最重要的一次心靈探索，老師說：「不論事情的發展如何？都是上帝最美麗的安排。」

我利用寒假專程回國……可是我沒有見到Mama最後一面。

姊姊們泣說：「臨終前，Mama已經意識迷糊了，口中一直唸著Koraw……」

「Mama等得很痛苦，最後我們只能大喊著Koraw已經回來了。剎時間，Mama眼睜得大大的，微笑地離開世界。」

姊姊們告訴我，Mama一直惦念著我十八歲那年因為入伍沒有參加的成年禮。Mama掛心的是，Pangcah的男孩通過成人禮就是男人了，就要接受整個家族的使命。Mama對兩位姊姊說，「入伍也是邁入成人，成為真正的男人。」也算是Mama的自我安慰

姊姊們慎重地拿了Mama親手磨的刀——Fonos、Po'ot給我，敦囑我：「Fonos是男人生命的刀，擁有屬於自己的刀了，就可以砍柴、狩獵，保護家人。Po'ot是小刀，成家後如果要宰豬牛時，這把小刀就用得上。」

我手握著Fonos、Po'ot想起我與Mama之間，並沒有澈底地談過心底的話，我的心很痛，我罵自己為什麼會讓這個遺憾發生？為什麼？為什麼？

我流下淚了，我問姊姊們：「姊姊，從小我就覺得Mama認為我很不勇敢？大姊、二姊……是不是這樣？我一直活著很累，很想聽到Mama的讚美！」

大姊、二姊流著淚，「Mama一直不知道怎樣對你表達？Koraw，我親愛的弟

弟，你是我們最愛的弟弟，尤其是Mama一直把對你的愛放在心中，你是這麼的優秀，勇敢從軍，還申請到美國留學，Mama一直以你為榮，說：『Sakiemelen ko faloco' Koraw.』，甚至在他人生最後階段，也虛弱地對來探病的朋友說：『Sakiemelen ko faloco' Koraw.』」

在我成長過程，大姊、二姊一直宛若我的Ina，她們溫柔地輕語，「Koraw，我親愛的弟弟，你知道這句話的意思嗎？」

我哽咽著：「Koraw……Koraw……有一顆勇敢的心。」語畢，我抱大姊、二姊大哭著。

Mama的離世，讓我的心完全破碎了，Mama在我身上留下Pangcah的血。過去我一直逃避著，而今我深深體會，唯有面對，我才能繼續前進。

我深深地呼吸，感受徐徐的氣息流通到我的身體，桌燈是昏黃的，牆上原本掛著官校畢業時同期同學相贈的指揮刀，我收起來了。改掛Mama親手磨製的Fonos與Po'ot，他很遺憾，沒能親手交給我；我也自責年少的我不懂事。

我覺察到一個念頭從我的心底升起來——我多麼希望聽到Mama對我說：「Kiemelay ko faloco' a wawa.」（孩子，你有一顆勇敢的心。）我抬頭一看Mama的遺照正掛在牆上，看著他最愛的Koraw！

黃埔校歌

午後，天雨。連下了好幾天，氣溫又降低了……

醫師助理到辦公室說：「明天出備的個案研討是金諒國喔！」

諒國是第二次改姓名。

上次住院他是第一次改姓名，從原來的孫諒國改成金孫諒國。百家姓裡，並沒金孫這個複姓。諒國為了要取得原住民的身分，從母姓「金」。諒國的母親是魯凱族，諒國表示，孫爸爸在世時，他不敢改從母姓，諒國在爸爸過世後，立刻就去戶政事務所冠上母姓，諒國說：「原住民的身分，社會福利會比較多。最近又聽說到五十五歲就可以補助裝假牙。」諒國微笑著，露出滿口的爛牙。

不過「金孫」這兩字讓諒國很不舒服，常常被開玩笑，「金孫要乖喔！」、「孫子要聽話。」還有人吃他豆腐，「快叫爺爺！」

第二次改名時，他就把「孫」拿掉了，成了魯凱族的金諒國，此後沒人再叫他

「金孫」[12]了。

諒國知道他有思覺失調症，知道他放火燒自己的機車，也知道他是陸軍官校畢業的。同我一樣是軍退，只不過他退得早，服役滿八年就退了。

諒國前一回住院時，他爸爸在那時過世，但我看不出諒國的悲傷。

我記得那時的會談，諒國的嘴角浮著笑意，「父親的死亡證明書法院還沒開立，我以為沒死，我摸不著頭緒，經過再三的探詢……才知道是死了。」

「父親出殯，你有奔喪嗎？」

「醫院不讓我去！何況親友也不想見到一個瘋子出現。」

我微笑說：「是諒國不想去？還是他們不讓你去？」

「其實我自己也不想去啦！」諒國與父親的感情很疏離。孫爸爸是老兵，媽媽是諒國的阿姨。他的家世有點複雜，諒國的阿嬤生三個孩子，老大、老二是侏儒，雙胞胎姊妹，老三是弟弟。原本孫爸爸取了老大——諒國的生母，生母過世後，又續弦諒國的阿姨，從此姨媽成了媽媽。

諒國是獨子，有個親表哥是他的主要照顧者。諒國是精神科病房的常客，依據資深的護理長說：「聽說諒國的媽媽懷孕初時，醫師建議她拿掉胎兒，拖到足月會壓迫胸腔，危及產婦的生命。但是她說：『醫生，我先生是部隊老士官，隻身在

---

[12] 按民法規定「子女已成年者，得變更為父姓或母姓。」孫諒國，改從母姓，以取得魯凱族的身分，他在戶政事務所，改姓成為「金諒國」，但諒國覺得對父親還是有感情的，希望孫也加進去，但這一回是改名將「諒國」改為「孫諒國」，就成了金（姓）孫諒國（名），但「金孫」二字讓他實在不舒服，又再改成「金諒國」。

臺，我感謝他娶我，又照顧我和我的家人，我得為他留下後代。』諒國是生下來了，可是媽媽的身體卻搞壞了，在諒國讀國小時過世。」

聽到這件事，我內心有些感嘆，我的爸爸也是老兵，我媽媽是阿美族原住民，與諒國有同樣的背景。我後來考上了政戰學校，有很大的部分是受到爸爸的影響，這群老士官們是當年連隊中基層士官，對防衛臺灣與建設功不可沒。當年的「一年準備、二年反攻、三年掃蕩、五年成功」政策，使得當時年輕的士官們無法成家，等年齡漸長，政府開放可以結婚時，適齡女子又很難看上他們，於是他們到原鄉部落，買來當時稱之為「山地人」的女子，只圖為了在臺灣留個後，能夠傳宗接代。

這群由大陸來臺的軍人正逐漸凋零，尚存人世的老兵也垂垂老矣，像我的父親今年已經九十三歲，難得的高壽了。至於沒有成家的老士官，一生跟著部隊，連隊就是他們的家，退伍後軍隊不能再留，只好分散四處，住在營區旁、眷村邊，或是接受退輔會安置，去深山種水果，建設東西橫貫公路……等年紀老了就住進榮家。老士官們有濃重的鄉音，保留了軍人的習性，很難融入社會，只有與同袍相聚時，才能感受到同是天涯淪落人的溫暖，等到同袍逐漸凋零，留下的人就更加落寞了，像我的父親朋友都走了，有時他一個人沏著茶一坐就是一個下午，發呆的神情進到過去的歲月，在回憶裡尋找他過世的親友們。許多老兵們的一生節儉成性，每個月都將錢存起來，等到過世時再捐還給國家。

我的思緒回到當下，看著諒國，沒想到他出院一個月後又住院了。

這一次諒國主動找我談話，他自述在國二時，就有精神方面的疾病，那時候他很痛苦。

「諒國，你怎麼處理你的痛苦？」

「自殺！我那時很想死。」

「喔！」

「我曾經拾獲一把步槍，裡面有子彈，口含著槍口，手扣扳機，還好第一發是空包彈，只將嘴轟得一團黑。」我心中是起疑的，槍不是那麼容易拾獲的，有可能是諒國在部隊時發生的事，只是他記不清時空的順序了。

孫爸爸對諒國有很深的期望，「我老爸逼著我唸陸軍官校。我去唸了，唸不下去，我想退學，但父親嚴拒，我在連上摔槍，而且逃了好幾次。」

「你不怕判軍法呀！」

「我都想死了，還怕什麼。」諒國噓了口水，「我爸爸託人關說，我只被關禁閉。最後，還是畢業分發到部隊，我極度不適應。」

「發生什麼事情？」

「那些長官看到我的外形很像原住民，派給我的公差勤務特別多，還說山地人耐操，體力好，要我帶體能戰技訓練。我說我的爸爸是外省人……他們說的更難聽……」諒國一臉恚恨，「暗地裡罵我是雜種。」

我的出生與諒國相似，年輕時也曾迷惘過，不敢透露出我的血統，我比諒國幸運，我所遇到的長官都是會尊重人的長官。我同理諒國說：「那種感覺真的不好受。」

「我終於退伍了，可是退伍金、保險金全被我的同學騙走了。」

諒國曾經想過要考公職，但沒考上。做過鄉公所的臨時約雇人員，也當過保全，後來發病失業了。父親過世後，諒國為了父親遺留給二媽的半俸，兩個人爭執不休。諒國咬牙切齒，「憑什麼要我簽字留給她，她又不是我媽，說好聽一點，她是我阿姨，說難聽一點，她只不過是我爸的姘頭，哪有我媽過世，不滿三個月就嫁給我爸。」

「我感覺諒國很生氣。」

「現在想起來還是很氣！我一怒之下就燒了自己的機車。」

諒國談到憤怒的點，思想開始飛躍，一下子轉到法律上，一下子談到他爸爸，又跳到他的退伍金與保險金的核算。諒國抱怨孫爸爸，重覆說他不願意讀官校，但在父親的淫威下，他不能退學。諒國的情緒開始躁動，「媽的，我那時要申請體退，但就是這老頭不准。」諒國目露凶光，「這老頭為什麼要生下我？只是為了要爽他的老二，要滿足傳宗接代的慾望，這樣對我太不公平了。」

諒國憤怒地拍桌子，接著又吼罵：「媽的，還有我的同學段仁義……」

「諒國冷靜一下。」我試圖安慰諒國的情緒。

「學長……」諒國改稱我學長，他彷彿回到在服役的年代，「報告學長，你知道嗎？這個段仁義是我們期上第一個升上校的同學，他每次自我介紹時，都說我姓段，大『仁』大『義』的仁義，段仁義。」諒國爆粗口，「媽的……幹！不要臉的傢伙，他的學號是八二二二二，綽號叫八兩，也叫做段老二……」接著他咬牙切齒，「段老二……我真的恨不得要把你那一根切成八段。操！你空有一張人皮了，國家讓你升了上校，還轉了教官，在學校上了女學生，更可惡的是騙了我的錢……」諒國憤怒吼道：「這個是什麼世界啊！」「幹！這些狗官，誤人子弟……」諒國愈說愈激動，從孫爸爸罵到他的二媽，再漫罵到魯凱族……「就是因為我身體流著番仔的血，讓別人都瞧不起我……改個名子，就成了人家的孫子了。」

我趕緊叫了支援，諒國受過軍事訓練，孔武有力，極力反抗。三個警衛加上一位男護理師，還有我，五個大漢才把他壓制約束，速送進保護室，醫師下達醫令，由護理師為諒國打了一劑鎮定劑，但諒國的行為已經讓其他病友飽受驚嚇了。

醫師關懷地問我：「心理師，他有沒有攻擊你？有受傷嗎？」

「他沒攻擊我，我沒事。」

醫師詳細的瞭解經過，他說：「我瞭解了，我要加重他的藥劑。」

回到辦公室後，同仁為我沖了一杯咖啡，算是壓驚。我淺啜一口，想起他上回住院，我與他最後一次會談，「諒國，你有一天會離開這裡，重新回到社會上，屆時你準備作什麼？」

諒國微笑說：「養活自己就好了。」

我心有些不捨，畢竟我也是軍旅退伍，和諒國都有榮民的身分。當年我在政戰學校唸書，還是軍校生時曾想作榮民之家的專題報導，老師說：「榮家有很幽暗的一面，一些不適應的榮民是被關著的。」直到我進到醫療體系才瞭解那些被關著的榮民，絕大部分是思覺失調症的患者，在對精神病不瞭解的年代，他們被認為是瘋子。

身為心理師又是諒國的學長，我只希望諒國老弟能知道他是生病的！定時吃藥，定時回診。三軍一體，同根同源，我在陸軍官校接受過二個月民轉兵的入伍訓練，二戰時麥克阿瑟上將說：「給我一百萬，買我的入伍回憶，我不願意；給我一百萬，讓我重新入伍，我更不願意！」對此我深有同感，我常憶起在陸軍官校唱過的黃埔軍校校歌，那年剛滿十八歲——

怒潮澎湃
黨旗飛舞
這是革命的黃埔
主義須貫徹
紀律莫放鬆
預備做奮鬥的先鋒
打條血路
領導被壓迫民眾
攜著手
向前行
路不遠
莫要驚

親愛精誠
繼續永守
發揚吾校精神
發揚吾校精神

我多麼想與諒國攜著手向前行，路不遠，莫要驚，親愛精誠……

爆炸

我記得小的時候，家裡常常是很熱鬧的。爸爸只要一到週末日，就會邀集以前部隊服役的同仁來到家裡餐敘，大家天南地北聊了起來，尤其是談到部隊的往事，好像就有說不完的故事，這個故事是一位山東伯伯，留著兩撇鬍子的朱伯伯說的親身經歷……

那時金門有十萬大軍，實施的是戰地政務，夜有宵禁，時間一到，老百姓家家戶戶就要關上燈火，不然就是窗戶要拉上黑色窗簾。在外的軍人要牢記口令[13]，被衛兵質詢，三問三不答，衛兵就會開槍，把對方當作敵軍擊斃。

有一回朱伯伯夜間外出，他忘了口令。

這下嚴重了！

還好他的腦筋反應很快，靠近衛哨時，他潛伏至衛哨旁，神不知不覺的突然出現，趁衛兵不注意時，右手趕緊抓住衛兵的步槍，並將槍口朝上，左手握住衛兵放

[13] 夜晚敵我不易辨識，只能靠口令，例「問：誰？答：王青天。」「問：去哪裡？答：去河裡。」「問：做什麼？答：划龍舟。」三問三答來判別敵我，如對方答不出口令，衛哨即可開槍射殺。

在扳機部的右手，連忙道：「別害怕，俺是士官長。」

衛兵聽見士官長山東腔，趕忙壓低聲音，「士官長好！」

「沒事！俺查哨，俺抽問你，你……你知不知道口令是啥？」

衛兵老老實實回答。

「沒記錯吧！」

「報告士官長，沒記錯。」

「好，很好！口令要確實牢記，很重要的。遇到可疑的人接近，問對方，對方不答，或是答錯，就別客氣，開槍斃了。」

「是。」

衛兵是臺灣人，朱伯伯與他聊了連上的生活，衛兵說：「報告士官長，有件事情不知道該不該說？」

「你這個人，真是奇怪囉！又不是大姑娘，別那麼婆婆媽媽的，說吧！俺聽。」

「你知道Hayun嗎？」

「那個山地人，是不？」

「是，就是他。」

「啥了？」

「那個Hayun是泰雅族的，抽到了到陸軍第一特種兵……」

「他是不是不識字？光只會傻笑著。」

「他現在笑不出來了，老是被修理……」衛兵說了Hayun的狀況。

朱伯伯愈聽愈沉重，「好，俺知道了，俺來處理。」

朱伯伯沉思了一會兒，又想起一件事，「你再把口令複誦一遍！」

衛兵這時了然於心，才知道朱伯伯忘了口令。

朱伯伯一直觀察Hayun的狀況，Hayun到了金門的部隊只能做些掃地、倒水，站衛兵的工作，常常遭到外省老兵的欺負，排長官校剛畢業，管不動這些老兵。有個凌姓老兵，山東人，負責彈藥室的管理。有一天，他的S腰帶不見了，他懷疑是Hayun偷走的，竟從走廊公然押Hayun進廁所，摸著Hayun的屁股，逼Hayun打手槍給老凌看，老凌還掏出自己的屌要Hayun跪下含著，Hayun不從，老凌拿著一把空槍作勢要開槍，把Hayun嚇得哭跑掉了。

Hayun伊伊呀呀地向排長報告。老凌在一旁急著說：「報告排長，別聽他的，就是他幹的，山地人沒一個好東西。」

大家默不作聲，老凌的同鄉連上的士官長——朱伯伯全看在眼裡，「報告排長，交給俺來處理吧！」

排長說：「老朱，就交給你處理了。別出亂。」

「報告排長，沒問題，俺處理，你放心。」語畢，朱伯伯向排長敬禮，排長離開了。

朱伯伯支開了Hayun。

「老凌呀！你這個屁精，不愛水路，專弄旱路。搞點正常的，自己花點錢去軍中樂園八三么找個女人，別這麼下作，欺侮新兵！」

老凌回嗆：「媽呀屄，誰說的？」

「進妳娘，若要人不知，除非己莫為。」朱伯伯將老凌用力一推，架上牆，左手掐著老凌的脖子，右手拿著刺刀，刀尖指向老凌的眼。語氣嚴厲，「聽好囉，山地人也是人！」

老凌回以笑臉，「老朱呀！俺們是老同鄉。」

朱伯伯鬆手，收起刺刀，「收斂一點，若是俺向連長報告你那些醜事，你非得被軍法官槍斃不可。」

Hayun坐在寢室床沿低聲啜泣，朱伯伯安慰著。Hayun說了一串族語。

「好了！好了！你說啥，俺也聽不懂，沒事了。不哭了！不哭了！」

Hayun好不容易擠出國語：「謝……謝……老……朱……」

朱伯伯大笑，「進你娘，你這個死老百姓！『老朱』是連上軍官，和俺的同階士官叫的，阿兵哥要說：『謝謝士官長。』才對。」

當然，縱使朱伯伯能力再強，也無法二十四小時看著Hayun，他還是持續遭到欺侮。

金門在八二三砲戰[14]後，國共進到單打，雙不打的年代。互打砲宣彈，爆炸後宣傳單四散，各自宣揚自己的好，說說對方的壞。砲彈爆炸前，咻聲長，落得遠；咻聲短，落得近，立馬就得跑了，躲砲彈。

那年冬天特別的冷，再過幾天，就是春節了，這是Hayun第一次在金門過年。那天黑夜降臨沒多久，老共打了一發砲宣彈，咻聲短，就落在營區附近爆炸，隨後是一個大爆炸，連營房都震動了，接下來是一連串的小爆炸。感覺老共又要打金門，一回報原來是彈藥室爆炸了，這可非同小可……彈藥室爆炸是無法救火的，彈藥不長眼會亂飛傷人，連長下令所有人進入掩蔽，等待炸光了再救火。

各班清點人數後回報，「報告士官長，缺兩員，Hayun及……」

這時Hayun瞇著眼，側身躲進掩體，神情緊張，四處探視，朱伯伯立刻壓低他的身形大罵：「去那兒了？這麼晚才進來，你不要命了嗎？」

---

[14] 一九五八年八月二十三日下午，中共連著四十四天，對金門發射了將近四十八萬顆砲彈。結束後，雙方單日互相砲擊砲宣彈（心戰傳單），散發心戰傳單，雙日則互不砲擊，是為「單打雙停」。

朱伯伯接著問：「另一個是誰呀？」

「報告士官長，彈藥士凌……」大夥七嘴八舌……「老凌不見了？」「誰最後瞧見他了？」「會不會就在彈藥室？」

朱伯伯大吼：「別吵！安靜！」

營區夜空紅光燄燄，爆炸聲頻頻傳來……

Hayun睜大著眼，透著不安，手插在口袋裡，緊緊握著火柴盒，神情慢慢地浮現詭異的微笑。朱伯伯微睇Hayun，他的嘴角有一抹黃白色的濕痕……

事後調查發現，爆炸當時老凌人在彈藥室，被炸成一具焦屍，燒掉的軍服只剩下「凌」的殘字，詭異的是彈藥室門外十公尺處設置的消防沙因爆炸過猛，沙塌了，竟然在裡面挖出了老凌的軍褲和黃埔大內褲。

大家在猜：「老凌是怎麼了？那麼冷的天，怎麼會脫了軍褲，光屁股進彈藥庫？」這些涉及到老凌的隱私，因著老凌身亡，長官們就不追究了，不過從營長到班長，許多人都被處分了，也包括了朱伯伯，因為業務過失被記了大過，調離士官長的職務，沒多久，他就打報告退伍了，回臺灣開了一家山東口味的老朱餃子店。

我那時一直追問：「伯伯，老凌的死是不是Hayun幹的？」

朱伯伯笑聲爽朗，一笑就牽動他的兩撇鬍子，「哈哈……小子，等你高中畢業報考官校，再好好讀書，升了大官，俺再告訴你。」

朱伯伯一直沒結婚，當年的老兵在部隊開放結婚後，許多人取了原住民的女子成家，年紀的差距衍生出許多問題，朱伯伯感嘆說：「我和一個年紀差我二十多歲的小女孩結婚……我都可以當她的爸爸了，溝通上會有問題呀！」

大陸開放探親，朱伯伯回老家幾次後，認識了故鄉的女子。取了大陸老婆，可是朱伯伯沒想到陸婆個性是如此強悍，經過了共產主義的洗禮，真是能說善道，就像毛澤東說的：「女人撐起半邊天。」

朱伯伯在部隊受過嚴謹的政治教育課程，深知共黨的統戰技倆。兩個人在政治立場上，都是「一片赤心為黨國」，各自對自己的母國效忠，常常因為政治立場的不同而大吵大鬧。

朱伯伯實在是受不了了，多少年的部隊政治教育在醞釀、在發酵，沒有人再比朱伯伯更瞭解共產黨，儘管兩岸逐漸和解，但敵我分明的立場是動搖不得的，朱伯伯怒罵：「土匪、共匪、土八路。」

朱媽媽那容得對新中國有功的共產黨遭受這樣的屈辱，也回罵，「可憐、可恥、可悲，國民黨不就是被偉大的共產黨趕到臺灣去了。」朱媽媽愈罵愈氣，想到來臺灣被貼上標記——「大陸妹」、「阿陸仔」、「大陸新娘」，已經是令人難受，還令她為之氣結的是與朱伯伯的辦事。

朱伯伯把自己的房中能力描述得像當年他在部隊參加古寧頭戰役[15]、八二三砲戰般的神勇。新婚時朱媽媽興致來，朱伯伯老是說要喝點藥酒壯壯陽，保證一定讓朱媽媽欲仙欲死。朱媽媽在床上痴痴地等，朱伯伯在酒桌慢慢地飲，直到女的睡，男的醉。後來朱伯伯聽說藍色小藥丸有效，每回事前先吞一粒，讓火燒旺。好不容易費了勁兒，挺進了中國的珠江三角洲……

朱伯伯卻因朱媽媽說：「老朱呀！怎麼還沒進來？」

朱伯伯怒斥：「胡說！俺進去了。」

朱媽媽反駁：「俺沒感覺。」

登時，火就熄了。戰力無濟，部隊撤退！朱伯伯不死心，口手並用，希望發揚軍人本色的特質，可是朱媽媽總少了充實感。

兩岸糾葛交纏著兩性衝突，常常是火藥庫爆炸的導火線，朱伯伯心想，國仇家恨，莫此為甚。那股憤怒不斷內聚，像空氣積在鐵球內，外在的火不斷地燒，鐵球內的空氣遇熱膨脹，找不到出口，在內部不斷的運行，這一運行又產生了熱，交互作用下，終於爆炸了。朱伯伯決定離婚，將朱媽媽趕回大陸，朱伯伯要堅守臺獨立場——在臺獨自一人確保中華民國的主權。

---

15 一九四九年十月二十五日，解放軍趁夜渡海襲擊金門，在古寧頭登陸與國軍展開激戰，國軍獲得勝利。

朱伯伯口說離婚，但一直沒去辦手續，那段期間朱伯伯倒是過了一段消遙的日子。爸爸是基督徒，在父親的福音傳教下，朱伯伯改信主了。信了主的朱伯伯，個性上也軟化了許多，親赴大陸將朱媽媽接回臺灣了。

每逢佳節倍思親，那年的中秋夜，爸爸請朱伯伯和朱媽媽到家吃晚飯。飯後，朱伯伯又自個兒買了高粱酒與朱媽媽在家小飲，朱媽媽不勝酒力，先睡了，朱伯伯繼續學李白獨酌。李白大醉，興頭一來還會跳舞。沒想到朱伯伯飲完後，也學著李白在街上裸露身子，跳起陸軍操。「一、二、三、四，二、二、三、四……」

李白會不會裸舞，我不清楚。但夜裡朱伯伯的老鳥無力飛著，引來了一群觀鳥人。老爸聞訊趕至，喝斥一頓，趕走觀鳥人，心想：「這不是胡鬧嗎？年紀不小了，還學人家遛鳥。」鳥著了涼，總是不好，趕儘將朱伯伯帶回家交給朱媽媽看管。

父親盯朱伯伯愈來愈緊。每個星期日都會叮嚀朱媽媽帶著朱伯伯上教會。有一回在教會禮拜，朱伯伯突然間覺得有微風輕吹，腦海中出現異樣的聲音，身體像著火一樣，接著就昏睡夢囈，說著沒人聽得懂的話語。牧師、執事、教友一時間慌了。七嘴八舌，「老朱！老朱！醒醒。」

只見老朱兀自囈語，莫約過了兩分鐘，老朱回神。

大家好奇，「老朱，你剛剛在做什麼？」

朱伯伯說：「我好像在打麻將，感到累了。」

大家異口同聲地打趣，「怪了，老朱難不成去找耶穌打牌了。」這樣的情形似乎像聖經所描述的聖靈感動有些許類似。保羅說：「那說方言的，原不是對人說，乃是對神說，因為沒有人聽出來。然而，他在心靈裏卻是講說各樣的奧祕。」（哥林多前書第十四章第二節）不過為什麼會有打麻將的感覺？只有上帝才能瞭解朱伯伯的奧祕了。

朱伯伯信主後，我曾問過朱伯伯，「人都是上帝的兒子，如果爸爸是基督徒，我是爸爸的兒子，那豈不是我就成了上帝的孫子……」朱伯伯聽了大笑，牽動著他的兩撇鬍子，笑聲洪亮、爽朗。摸著我的頭說：「傻小子，那是不同的。」那大大的手像陽光般的溫暖。

後來我考上了官校，朱伯伯得到失智症。在官校畢業前，我陪著老爸去看他，他什麼也記不得了，在朱媽媽的悉心照料下，朱伯伯白白淨淨的，臉上的兩撇鬍子已被剃淨了。

驀然我想起Hayun的故事——

「伯伯，老凌的死是不是Hayun幹的？」

朱伯伯大聲笑說：「哈哈……小子，等你高中畢業報考官校，再好好讀書，升了大官，俺再告訴你。」

此時的朱媽媽正餵著朱伯伯吃藥喝水，朱伯伯斜著頭，眼睛正看著前方，不知道是落在空間中的哪一點上？

「老凌是不是Hayun殺的？」這個謎，我只能永遠放在心底了。

人生的道別

見不到面

天氣寒冷超過我記憶中的冷。我在想會不會有比這個冷還要冷的事情？想來想去，是有的——就是當要見到親人沒法子見到時，那一顆火熱的心，也慢慢地降溫了。最後就冷了。而那種冷會遠遠超過今天的冷。我可以想像當所愛的人見不到我，或著我見不到所愛的人，那會是一股失落、徘徊、無奈，最後成了飄零的浮雲，一朵、兩朵，慢慢聚集成了沉沉的灰暗，然後淚如雨下，打落所有的一切。

這會讓我哀傷！會讓我難過！只要想到這樣子的情景，我的淚就流下了，讓雨淋風吹，在寒冬中，只剩暗淡的天地。

我怕！我擔心！這冷風會吹得我發顫，滴落一掬淚水。孤零零地站在山巔海角，孤單地望斷一層層鉛似般的烏雲。屆時我會憂心，甚至失了勇氣，敵不過這冷冽的冬。

若有人說：「待得明日烏雲散去，世界將重現陽光般的溫暖。」

我會憂傷地回應：「啊！這就像對死刑犯說二十年後又是一條好漢。連明天都沒有的人，何來的二十年！」

這篇短文是我在阿聰過世之後，有感而發寫的。

阿聰是位原住民，阿美族。今年五十多歲，上一回住院時，左膝腫得像是一顆熟透的大西瓜，坐著輪椅，在精神科急性病房裡，臉上鎮日堆著愁容。

我看著病歷寫著「酒精成癮」、「戒斷」、「精神官能憂鬱症」，還有其他疾症，都是些醫學上的專業名詞。

我走到他身邊，蹲下來看著他說：「阿聰，有空嗎？和你說說話。」

阿聰點點頭。

我引著他進到晤談室，阿聰坐著輪椅，我調整了桌子，讓阿聰有更多的空間。

我打開話匣子，「今天過著如何？」

阿聰幽幽地嘆氣，「我媽媽往生了。」

早上護理師晨會時提報過了，並且說阿聰沒有太多的情緒起伏，顯見他壓抑下去了。

「我知道了，你能不能多說些媽媽的事情？」

阿聰慢慢道來，上週六兒子來接他，回去看了母親的大體，隨後又被兒子急急送進回病房。

我感覺到他有些情緒，眼眶是濕紅的，「我感到你似乎有些難過，我在這兒陪著你。」一時間，阿聰的淚水決堤了。

我靜靜地讓阿聰哭。沉默了一會兒，我說：「不管曾經發生過什麼事情，媽媽永遠是媽媽……」

阿聰嗚咽，「我覺得我很沒有用，我是長子，可是這個腳卻讓我站不起來，很多事情都要別人來做，甚至我的小孩子也要我不要亂動，最好是在醫院待著……」

我聽出來孩子的弦外之音是要阿聰永遠別回家。雖然世間的死亡、空虛、無意義感是人生的常態，可是當我面對阿聰哭泣的眼神時，我只能做到陪伴，「阿聰，你想站起來，但起不來；你想回去，卻回不去。」

阿聰哭了。人生至此，莫過於一個悲字形容。

我輕聲說：「此時此刻，心理師會伴著你。」

「我希望孩子能接我回去奔喪，參加媽媽的喪禮。」回辦公室後，我將這個要求轉知社工，社工立刻聯絡到他孩子，但隱約感受孩子並不願意接他爸爸。

社工相勸，終於說動了他的兒子。社工告訴我：「心理師，你知道嗎？阿聰的孩子對他有很深的怨恨……」原來阿聰在年輕時酗酒，還家暴妻子，打到住醫院，到了醫院又酒後打人，將妻子打跑了。

我問社工，「他兒子怎麼知道這些細節？」

「他的孩子是目睹兒，而且阿聰又不負責任，常常打孩子，孩子們曾經睡到公園內，孩子們最憤恨難平的是——阿聰竟又告他們棄養。」

「都是酗酒害的。」

「阿聰的兒子說，『自他懂事以來，爸爸只有住在精神科是最清醒的。』」社工接著說：「他們還反問我：『這樣子的爸爸，你們還要我怎麼樣？』我無法回應。」

我對社工說：「阿聰是病人，有自殺風險的高關懷對象，不論他曾經做過什麼？他現在是病人。」這些愛恨情仇經常在醫院上演，誰是？誰非？也實在難以釐清。

人的心頭總有塊柔軟的地方，當觸及到時會流淚的。我心想阿聰的孩子是受苦的，處在「他是我愛的人，也是最傷我深的人。」在愛恨交織的網羅中，越逃纏得越緊。而阿聰呢？這輩子的悔恨會一直如影隨形地跟著他，他現在不就是正在承受他種下的苦果嗎？

想得我頭痛了，我到旁邊的陽臺散步，紓解我的鬱悶。抬頭遠眺，天空是陰沉的，重似鉛的雲遮斷了陽光……

後來，阿聰出院了。聽說是到高雄動手術，切除他的左腿，之後我再也沒聽到他的消息了。等他又回到本院時，阿聰的左腿自大腿中間以下全沒了，產生幻肢現象，老感覺左腳在痛。

這時的阿聰的脾氣更暴躁了，對任何事情都不滿，開始怨天尤人。阿聰向社工提出重新鑑定身心障礙等級的要求，認為政府應該給他更好的補助。我想再等一等……等醫師開的藥物控制阿聰的情緒，穩定一些再和他聊聊。可是沒隔幾天，阿聰開始昏睡，生命跡象逐漸衰弱，終於轉到加護病房。我去看他，他身上插著各種維生器，我輕喊：「阿聰！阿聰！」他毫無反映。

沒多久，就聽到他的死訊。

在臨終時，阿聰是孤獨一人離世，他的孩子沒來……

我在筆記上寫道：「阿聰……死時，無家屬探視。」我心愀然，默祝：「阿聰，一路好走。」寒風又起……

天冷了！

布妮和尤哈尼

布妮和尤哈尼是布農族的原住民，他們結婚五十年了。

這對老夫婦是按照著布農族的傳統，由Tamacina[16]指定的婚事，並不是自由戀愛後結婚的。他們生了六個孩子，共有十四個孫子。這六個孩子，算是事業有成，不是公務員，就是老師。

可是……布妮老是在抱怨……抱怨尤哈尼，他們是奉了自己的笛娜[17]、達瑪[18]之命結婚的，不像他的六個孩子是自由戀愛結婚的，如果讓布妮自由戀愛，布妮說：「我才會不嫁給你呢！」

尤哈尼也是一樣，只不過每次尤哈尼都會故意輸給布妮，然後向孩子們抱怨布妮太凶了，「厚，我若是能自己取太太，我絕對不會和你們的笛娜結婚！」不過這樣子的話，他從來沒有在布妮面前說過。

幾乎每天一睜眼，布妮和尤哈尼對彼此的抱怨聲就會吵起來。這六個孩子，

16 指父母的意思。

17 Cina的譯音，指母親的意思。

18 Tama的譯音，指父親的意思。

不敢單獨去看望他們，因為每一次的探視都會是一場狂風暴雨，孩子們直勸，「笛娜、達瑪，您們吵了一輩子了，就別再吵了。」但老夫老妻了，那是一兩句就勸得動了。

直到布妮罹癌後，彼此的抱怨才稍歇。

復活節那天，布妮已經進入病危狀態。六個孩子和孫子們趕回來探望，布妮又好了起來，和大家有說有笑的。接著是四月底的Malahodagian[19]，是部落的重要祭典。祭典結束後，醫院發了布妮病危通知單，全家人圍著布妮聊天，告訴布妮Malahodagian的一些事兒，男孫們很興奮訴說打獵的經過。

在那場聚會，尤哈尼的話不多，靜靜聽著，強忍淚水，他的直覺——「布妮，時間已經不多了。」隔天清晨，布妮的狀況惡化，生命跡象一點一滴流逝，終於離開這個美麗的世界。

布妮是在我們醫院安寧病房去世的。辦完追思禮拜的兩週後，我跟著護理師惠如，進到布妮家裡做遺族關懷，他們的孩子們都已經回到自己家裡及工作崗位上。空蕩蕩的屋子，只有尤哈尼這位老先生孤獨地陪著掛在牆上的布妮。

惠如用布農族語說明了來意。

尤哈尼對我們點點頭致意。

---

19 又稱打耳祭，是布農族部落的祭典。以射鹿耳的耳朵來象徵來年狩獵的豐碩，傳統的習俗以當年獵獲最多的勇士家門前做為慶祝的場所，打耳祭只限男子參加，女子禁止至祭祀場所。

惠如也是布農族。在布妮住進安寧病房時，常常協助我在諮商過程時，擔任傳譯。

尤哈尼沉默時比較多，畢竟喪偶是人生最大的痛苦。布妮和尤哈尼說著族語，我在一旁靜聽著，說著說著尤哈尼落淚了，惠如緊握著老人家的手，接著她的眼眶也濕紅了，我趕緊找出了面紙盒，放在桌上，惠如抽紙拭淚，也遞給尤哈尼面紙，只見老先生伊伊呀呀的，邊說邊擦淚了。

等到尤哈尼情緒平復，我們也要告辭了，我說：「我們有辦理關懷團體，也邀請您參加。」

惠如幫我翻譯了。

老先生點點頭說：「好。」

回程時，我和惠如聊剛剛發生的事。惠如表示——

布妮辭世的那個清晨，天才濛濛亮。尤哈尼陪伴著布妮，坐趴在布妮的床邊盹著，布妮不規則的呼吸聲驚醒了尤哈尼，尤哈尼打開昏黃的夜燈，只見布妮嘴一開一闔，他以為布妮口乾，用棉棒沾上溫水，滋潤布妮的口舌，布妮搖頭，尤哈尼瞭解了，布尼想說話，尤哈尼的耳朵貼近了布妮。

布妮用極細的聲音說：「謝謝你這五十年的陪伴，和你拌嘴是我最快樂的時光……」布妮停了一會兒，尤哈尼流著淚看著布妮。尤哈尼感覺到布妮有話要說，耳朵又貼近了布妮。布妮有點喘，喉音也出現了。布妮斷斷續續的言詞，尤哈尼盡所有的努力，打開耳多，要聽清布妮最後的話語，「尤哈尼，我好希望……能……再與你……吵……嘴……」

尤哈尼緊緊抓著布妮冰冷的手……此時他已淚流滿面了，尤哈尼抑制著悲傷的心情，輕輕反覆訴說：「布妮……我們天國再見。」直到護理師關上布妮的心跳監視器，尤哈尼還是握著布妮的手，訴說：「布妮……我們天國再見。」。

尤哈尼還和惠如談到，「天國可以吵架嗎？」「如果沒人陪著布妮吵嘴，布妮會快樂嗎？」一連串的問題讓惠如無法回答。

惠如說完後，我摘下眼鏡，用手帕拭掉眼角的淚。

過一會兒，我突然想到了，「惠如，剛剛家訪快結束時，尤哈尼最後的情緒有點激動，是談到什麼？」

「那時我對尤哈尼說：『布妮還在世的話，您會對她說什麼？』」

「尤哈尼說了什麼？」

「尤哈尼說：『我會對布妮說我最後的抱怨……』」惠如深深呼吸，翻譯出尤哈尼說的那句話，「為什麼妳忘了，要帶我一起走？」

挖地瓜回家

我站在海岸，一望無際的大海，初陽光照著藍海。

我的身旁邊不遠處有一艘帆船，迎著晨風張滿了帆，向著海天一色的遠方前進，在湛藍的海洋中航行，愈來愈小，愈來愈小……

旁邊有人說：「帆船離去了！」

我疑惑著，「要去那兒呢？」

「它會朝它的方向前行呀！」

我看了與我對話的那個人，竟然是我的外婆……對我微微笑，接著我就自夢中醒來了。

外婆是原住民阿美族，族名是Folad，漢語的意思是月娘。我的母親嫁給了外省人，我自小就很少回到部落，對於族語我是完全聽不懂，直到這幾年，常常接觸到部落的事物後，學了一些族語，我才能略知一二。

外婆在與我談話時，常用她不流利的國語說：「我叫做Folad，是因為外婆是在晚上臨盆的，那一晚是有月亮的晚上，Ina和Mama就以Folad為我命名。」只要我回到部落，夜晚一有月亮，她就會拉著我的手，「孫呀！跟阿嬤看月亮。」接著就唱起來了——

Cifoladay a dadaya.
Tadafangcal ko folad anini.
Masakalaw ko folad a matawa.
Matedi' ko lokat no folad anini, mangalef ko nikafangcal.

有月亮的晚上。
夜裡的月亮是如此的美麗。
月亮彎彎如眉毛，正在微笑。
今晚月亮好白好白，好美！好美啊！

外婆笑著對我說：「Folad是阿嬤的名子。」

要我也跟著她唸：「Folad！」

外婆住進安寧病房，已經有一段時間了。而我恰好是安寧病房的心理師，按理我應當建議外婆住到其他的安寧病房，可是在這個偏鄉……我們醫院是唯一設有安寧病房的醫院，主治醫師也清楚我與阿嬤的關係，特意不讓我接案。只是每回病房會議，在討論個案時，我的心頭總是酸酸的。

上一週外婆陷入了昏迷，主治醫師告訴我們：「時間不多，可以準備了。」母親和阿姨們、舅舅們，將外婆生前指定要穿的衣服為她換上，外公在一旁強忍著淚水。昨天，外婆醒了過來，輕聲低語……母親為我翻譯：「祖靈已經來了。」接著外婆環視我們，對我們微微笑，說：「Awaay ko pitolasan no olah. Kasasiolah kamo a malikaka」我只見到長輩們聽了外婆的族語，淚水不自主地流出來了。後來母親說外婆的意思是說：「愛是永無止盡，你們記著要相親相愛。」

外婆是在晨間離開人世的，外公在病房裡陪伴著她走完了她生命的最後一段旅程。外公一直緊握著外婆的手，似想將手的溫暖遞給外婆冰涼的手，外婆臨去前對外公說：「karkaren ！」外公聽完這句話後再也忍不住了，像個孩子似的大哭起來，但又不忍心讓外婆聽見哭泣聲，帶著負擔離開世上，外公忍住哭聲，淚水直流，母親拿著面紙為外公拭淚，卻是怎麼擦也擦不完淚水。

葬禮結束後，我問起外公karkaren這個字的含義，外公用不流利的國語解釋，斷斷續續的說這段故事，我拼湊起來，理解到在外公小時候，每家每戶都很窮，小孩子放學回家前，都要到田裡挖地瓜。只要一下課放學，外公、外婆就會手牽著手，外婆常說的一句話就是——「karkaren kira fonga a pataloma.」（挖地瓜回家。）

說完後，外公的淚水直流，久久不能自已。

阿美族的情人袋

弗定，那年十九歲，背著情人袋在豐年祭的最後一晚。年輕的男女圍著篝火，盡情地歡樂，弗定看上了麗欣，有雙大眼的阿美族少女。

弗定將情人袋遞給了麗欣，麗欣不知所措的手接下了情人袋。

弗定紅著臉，鼓起勇氣對麗欣說：「I dofot a mapateli ko nanosowal no mako.」（情人袋裡裝進了我的話語。）麗欣微微一笑，手顫顫地將定情的兩顆檳榔放進了弗定的情人袋裡。

交往一年後，弗定向麗欣求婚，對麗欣說：「請相信我。」

麗欣嬌羞地點點頭，弗定為麗欣披上了情人袋。

麗欣為弗定生下第一個女兒時，弗定對麗欣說：「辛苦了。」

女兒出嫁異鄉，離開部落的那一天，麗欣流淚揮手道別，弗定握著麗欣的手，說：「還有我。」

麗欣得了癌症，住進醫院，弗定在麗欣旁，輕輕地在她耳畔訴說：「我在這兒。」

過了一年，麗欣住進安寧病房，弗定撫著麗欣的臉頰，「我陪伴妳。」

數月後，麗欣陷入恍惚的狀態。

昨天，麗欣昏迷了。醫師告訴弗定，「時間到了。」

今天一直到下午，麗欣閉著雙眼，不說一語，但弗定相信麗欣聽得到他所說的，弗定傾訴麗欣這輩子對他來說有多麼的重要。麗欣突然展現笑容，眼皮仍是閉著的，眼皮下的雙眼像是看到璀璨迷人的事物。弗定握著麗欣冰涼的手，當麗欣吐盡人生最後一口氣時，在麗欣的額頭輕輕一吻，悄聲說道：「妳先到天堂，在那兒等我。」

麗欣入土時，棺木放著弗定送給她情人袋。

現在麗欣的照片掛在牆上，那是一張半身照，身上披著當年弗定送給麗欣的情人袋。

弗定想起那年十九歲，在豐年祭的最後一晚，年輕的男女圍著篝火，弗定看上了麗欣，熒熒火光照耀有雙大眼的阿美族少女。

弗定害羞地跑到麗欣面前，將情人袋交給麗欣，當下弗定突如其來的舉動讓麗欣嚇了一跳，恍神間便收下了情人袋，將定情的兩顆檳榔放入情人袋裡。

弗定伸出手撫摸照片裡的情人袋，憶起當年他害羞的那句話：「I dofot a mapateli ko nanosowal no mako.」

驀地，弗定想起他這輩子從來沒對麗欣說過：「Maolahay kako tisowanan.」（我愛妳。）

弗定眼眶泛淚……看著麗欣，而麗欣的表情是永遠不變的淺淺微笑。

個案之死

李×嵐，女性，三十五歲，原住民阿美族，離婚，家暴婦女，住本院精神科慢性病房。診斷是「思覺失調症」、「重鬱症」。二十三日上午請假，由案兄陪同外出，中午疑似服用農藥自殺。送急診室搶救無效，經案子、案女及案兄同意，撤移急救醫具，於十四時二十五分宣告死亡。

我們的精神科主任在Line群組裡宣佈時，我正在花蓮參加生命教育研習，看到這個消息，內心有震驚、詫異與難過。

我所諮商的個案有許多是自殺個案，有的經過會談後，活了下來，有的流失了。流失的個案，個管師會打電話追蹤，若是活得好好的，我會為個案高興；若是不知所蹤的個案，我的心頭會有許多不安的想像，自殺死亡極有可能是他們的選項之一。

入秋時，我到衛生局參加關懷員自殺個案研討會，討論的個案竟然是我的流失個案，摘要欄寫著：

自殺原因：自覺人生無望，加上飲酒後情緒低落，肇生自殺行為。

個案簡述：〇〇〇，原住民。十七歲時車禍，左小腿截肢，自國中輟學在家。對人生無望，開始酗酒，酒後常與家人衝突，甚有肢體暴力及恐嚇。初夏，家人表示：「〇〇酒後喝農藥，緊急送醫不治，宣告死亡。」

家屬情緒反應尚稱平和，案父表示：「〇〇已經解脫了，這輩子欠他的都還清了……」

這像墓誌銘，短短略述他的生前事蹟、死因，還有家人的感受。

嵐的自殺衝擊著我，念頭一閃，我想起了素，素是三十多歲的女性，教育學碩士，教職，自習慣性自殺。

她曾經與我分享：「心理師，死亡給我的感覺太巨大，巨大到我不敢直視。巨大代表著好多種感覺誘惑著我，走進裡面，會進入到一種完美的境界。一開始會沉浸其中，後來會變成沉沒，一直被拉入到深不見底的深海，那時候應該是害怕，但是時間一久，會感覺到了極致，一種永恆狀態，沒有恐懼、沒有難過、沒有不捨，一切歸於平靜。」

「生活對妳而言代表了什麼？」

素看著牆上的時鐘，沉默著，諮商室靜極了，只聽到滴答的時鐘聲。

良久，素說：「生活是毫無意義的，我找不到自己的存在價值，我不會讓別人知道我的內在想法，外在的我是嘻嘻哈哈的，戴著快樂面具，是積極樂觀的老師，但是我的內心完全是自閉狀態，是一種心靈完全鎖死的自閉，隱藏了我的意圖。前一分鐘我可以在電話和別人談要去那兒玩？有什麼計畫？下一分鐘，說走，就可以走，沒有留戀。」

當初素住進精神科急性病房時，前半個月幾乎不言不語，我花了好長的時間與她建立了諮商關係。出院後，素定時回診做心理諮商。這次門診會談時，我看見她的粉頸上有一條深深的紅印，我心裡有譜了。

素想知道，「心理師，燒炭是不是比較不痛？」

「我沒試過，不清楚。不過根據燒炭生還者的反應，是很不舒服的。」我接著補充，「從佛教的觀點來看，會很痛苦。」素全家是拜佛的，我從宗教表達我的想法。

素笑著說，「心理師，昨晚我上吊了。」

「喔！妳感覺如何呢？」

「上吊真的很痛，還好被家人發現了。」

諮商結束前，素表示不想再做心理諮商了。我感到詫異，素不願意說出原因，只說：「心理師，你放心啦！上吊真的很痛，我不敢了。」

這回我通報了她的主治醫師。原以為醫師會收素住院，但醫師評估，素有家人支持，於是讓素回家了。結果當晚素在房間緊閉窗戶，房門上鎖，門縫塞上報紙，燒炭自殺，所幸家人發現得早，送素急診，住進精神科急性病房。我和醫師檢討後，得到結論是——爾後要注意的是當病人只剩下因為自殺會痛，而不敢行動，這時就要多給予關懷了。

我的思緒飄過素，飄過許多從自殺邊緣拉回來的個案，也飄過了許多自殺離世的個案。這些回憶像秋風吹起了卑南溪口的沙塵，揚進了我的心底，於是心……亂了。

我覺察到心的不安，我靜坐，眼閉八分，睜兩分，統整情緒，回到當下。我觀注呼吸，吸氣是生，呼氣是滅，一個呼吸，是一個生滅，是一個輪迴。

但是靜坐……似乎疏解不了心底的焦慮。我又想起自殺的嵐，一股自責感縈繞在心頭。生命教育研習結束，大合照之後大夥就各自離去。我搭普悠瑪直奔臺東，火車晃動著，我的思緒也晃動著，探究「為什麼嵐的死亡會激盪著我？」

火車在花東縱谷前奔，透著窗，我看到秋陽落在山頭，夕陽餘暉緩緩逝去。我想起小時候，有一回與弟弟在家附近的地下室遊玩，看到有個穿著軍服的阿兵哥，閉著眼吊立在半空中，我與弟弟很好奇，看到一根繩子繞過阿兵哥的脖子。我們趕忙跑回家，告訴爸爸這件事情。爸爸報了警，大批的憲警人員來了，死者的妹妹趕來，泣不成聲。我在旁觀看著，隱約聽到妹妹泣訴：「……不敢回部隊」「昨晚……帶走一包老鼠藥。」爸爸趕我回家時，我轉頭看到死者臉上的淚痕。

我幼小的心靈猜想他應該哭過吧！心中好奇「為什麼哭呢？」、「死前那一刻，到底在想些什麼？」、「會不會有些回憶是忘不了的呢？」

每回我回到老家總會看到那個地方，那兒已經改建，整修後，地下室的外貌變得不一樣了，但我知道那裡曾有人自殺，而且是個軍人。

多年後的某個夏天。好友──綠，三十多歲的男性，才華洋溢，他留下了遺書，在東海岸，這片美麗的海洋投海自殺。我得知消息後，急忙地趕過去，救難隊因颱風來襲，宣告救援結束，悲傷的情緒在我們這群好朋友的身上蔓延著

一個月後，是綠的生日，我們為他辦了追思會。見不到綠的遺體，至今，我都

一直覺得綠還活著，只是頑皮地躲起來，讓我們找不著。

驀地，我聽到火車播音：「玉里站到了……」接著是池上、關山，之後就到臺東站。天色完全暗了，我的思緒再次轉回到嵐，我想著許多如果……

「如果多一點時間和嵐談話，嵐會不會還活著？」

「如果堅持嵐是高風險個案必須禁假，是不是就能挽回嵐的生命？」

「如果早知道，應該可以……」

太多的如果，太多的事後之見，都是我的投射。因為當我面對我這個部分時，我想起了美麗的東海岸，那片藍藍的大海是綠最後的歸宿。

綠自殺讓我愧疚的原因是——我是他的好朋友。如果我若多一份心傾聽綠，結果會不會不同？綠的追思會結束後，原本我以為悲傷就會消失。沒想到內在深處的罪惡感排山倒海而來……

「為什麼不好好聽綠講？」「為什麼要拒絕綠？」「為什麼……」

綠離開了，我怨自己不能勇敢面對綠的病苦，接住綠的悲傷。綠說：「見不到明天的太陽，會是個美麗的Ending。」那時我直覺反應說：「生命是無價的。」「人生還有許多的美好事情！」「要多為家人想一想。」

於是綠微笑了，「謝謝你！我沒事了。」

我現在想起來，綠的心正在淌血，他用微笑遮住了受傷的心，愚笨的我還以為安慰了綠。現在，我不禁後悔對綠說出這些話……

火車過了鹿野站，進了山洞。再過二十分鐘就到臺東站了。車窗外是陰暗的，映出我的身影。我嘆了一口氣，我好想知道嵐喝下農藥時在想些什麼？喝農藥是不可逆的歷程，所以我猜想是嵐的意志是堅定的，應該會說：「我就是要離世而去。」我想到嵐的家庭圖、病歷、吃的藥，還有她邊哭邊訴說的故事，與她在死與不死之間的徘徊和掙扎……

火車終於進到了臺東站，旅客像是潮水，往車站出口流去，驗了票，人潮就散了，我靜靜坐在車站前的廣場，看著人群一個接著一個離開。臺東的四季分明，起秋風了，帶來涼意。夜空裡，好多星星……我抬頭仰望，找到一顆微微閃的星星，儘管微小，但她總是閃著……我看著這幽冥的微星，對嵐心語，「世上所有的一切，在妳閉上眼時，都已經離妳而去，謝謝妳讓我有機會省視我內心的幽微。嵐，安息吧！」

我招了輛計乘車，坐進車裡。司機是位膚色黝黑的布農族原住民，問我：「去哪裡？」

「市區。」

我和他聊了起來，不知為何，聊上死亡，「布農族怎麼看自殺的？」

「我們布農族認為，Likarnin[20]……」

「Likarnin是什麼？」

「Likarnin是創造宇宙與掌管人們善惡禍福的神，祂告訴我們不可以自殺，不可以殺人，不可以奪走別人的摯愛。人活在世界上是可貴的一件事，可以得到祖靈的愛與祝福。」

我思考司機說的這句話，「人活在世界上是可貴的一件事，可以得到祖靈的愛與祝福。」

他接著說：「人死了，他的哈尼多[21]會離開身體，善終者的哈尼多成為祖靈保佑族人。自殺不是善終，不會成為祖靈。」不知不覺中已經到了市區了，司機問：「要去那兒呢？」

「去找綠和嵐……」

「蛤！你說什麼？」

我回神過來，「喔！對不起，我想起了兩位朋友……」

「先生是要去那兒？」

「我要去……」頓時，我竟說不清要去那兒？

[20] 是指布農族掌管一切的神祉。

[21] 布農族稱靈魂是「哈尼多」（hanito）。

精神疾患

醒來

我約小陳在榕樹下見面。

樹下有石桌、石椅。望遠方眺望可以看見中央山脈，蒼勁的高山，翠綠的田野，清風陣陣。悠閒的午後。

小陳說：「你要當電燈泡嗎？」

我笑笑說：「難道你要趕我走？」

小陳赧然，心情平和。他默默凝神注視著她，小陳說：「心理師，在那頭坐著的是我的女友。」

我說：「你想說就說吧！」

良久，他終於啟口，「妳來了，我等妳等了很久。」

「妳知道嗎？我每天不停的寫信，寫了十年了。」小陳拿出一疊信。

「妳愛聽故事，我把你告訴我小時候的經歷都編成了一個個小故事。」

「每次寫完後，我都會將它折好，放進我的左胸口袋，讓信感受到心臟的跳動。每一次跳動就是一次思念，二十四小時的跳動，二十四小時的思念，夢裡都會有妳。」

「妳還要離開我嗎？」

淚水慢慢地在小陳的眼眶打轉。

沉默無語，清風徐來。

「她怎麼離開妳的？」

小陳幽幽道來：「十年前，有一天，她就消失了。」淚水已悄悄地爬上小陳的臉頰。

「十年是很長的時間。」

我將彩筆與紙遞給小陳說：「把你現在的感受畫出來吧！」

小陳修習過美術，不多久畫紙上就出現了一位長髮飄飄的女子，脫俗、清雅，一彎淺淺的微笑，就在這榕樹下。

畫中有藍天、白雲，但不協調的是——閃電，一道閃電剛好落在榕樹上。

「這畫中的女子就是她嗎？」

小陳點點頭。

我將手指向那張空無一人的石椅上，「她是坐在那個位置上嗎？」

小陳凝視著石椅的方位說：「嗯！我是對著她現在的模樣畫的。」

「你畫得這麼漂亮，她一定很高興。」

小陳不好意思的說：「嗯！」

我指著畫紙上的閃電說：「怎麼會有這道閃電出現？」

「我不知道，我就畫了。」

我感覺到這有點不大協調，「閃電給你什麼感覺？」

小陳專心注視他的畫，看著看著似乎進到畫的情境。他看著閃電，我注意到小陳的眼神轉為害怕，恐懼有如驚濤裂岸般襲來。小陳渾身發抖，突然間，放聲大叫：「啊！不要電我，求求你們不要電我！」

「啊！……」陣陣吶喊聲刺破了午後的寧靜。兩位男性護理師衝過來，架走了小陳。

我看了小陳的病歷。

陳××　35歲

女友因故身亡，先期反應為憂鬱，若干時日後自稱獲得上帝的能力，可以同耶穌治病，讓死人復活……

我嘆了一口氣。

醫師的診斷是思覺失調症。因為環境中的某些壓力引起了症狀。

女友出殯當日，小陳跳入墳中，阻止女友下葬，被女友家人打了一頓。小陳的父母將他帶回家去了。他回到部隊後，已無法勝任他的工作，被強制送往國軍精神醫院，退伍後轉診到這兒來。

他的病歷上寫著處遇是用電療的方式[22]。

電療後，會有失憶。

副作用導致失禁，那陣子他極為痛苦。

後來，改用藥物。

幻聽、幻覺消失了。

小陳說有好一陣子，她不見了。

這讓他鬱結了好久，他可以一整天都不說話，不吃飯、不喝水，關在房間裡。

後來他拒絕吃藥，又開始幻聽、幻覺，她過世的女友又回來了。

22 電痙攣治療（Electroconvulsive therapy，簡稱ECT）經由電擊腦部誘發痙攣，通常是對嚴重的憂鬱障礙、躁鬱症和思覺失調症，所進行的治療方式。

在行為治療中有增強作用，加強某些物品（增強物），會讓個體從事某些行為，這是正增強；反之，減少某些物品（負增強物），會讓個體從事某些行為，這是負增強。

他的不吃藥是負增強，可以讓他再度擁有女友，享受與幻想中的女友相戀時的愉悅。而小陳的幻聽、幻覺，讓他沉迷其中，這又成為正增強，讓他與女友再度重逢。若是醒來，他們又將再次分離。我陷入了沉思，如果幻聽、幻覺可以讓他快樂地活，我們到底要不要讓他醒來？

夕陽西照，天空似血一般將院區染成一片紅。

隔離島的菊花

「你要活著成為一個怪物，還是要當一個死去的好人。」

（《隔離島》，二〇一〇年）

《隔離島》是十多年前的一部電影，這個孤島有一座治療精神病患的療養院，活像我現在的工作地點，各位應該不難猜出我的工作屬性了。在這兒工作，當時是很不情願的，唉！誰要我活在這個經濟不景氣的年代呢！

看到總統選舉時，現任的說：「我們的經濟已經好轉，平均所得提高了，請大家要繼持支持我。」挑戰的那一位禿頭說：「茫茫茫，苦苦苦，翻翻翻，亂亂亂，我一定會培養年輕人，補助他們出國遊學。大家一定要投票給我。」還有一位挑戰者，是老先生，我只知道他選了好幾次，他說：「歷任總統都對不起蔣經國。拜託鄉親們……」

其實不要講那麼多，只要誰能讓我離開這個地方，我就投誰。

但……工作很難找，能在這兒當個清潔工，已經算是不錯了！

那年我大學剛畢業，以為在療養院做這份工作只是個過水，沒想到我已經泡在水裡面了。還記得畢業前，學校找了一位生涯規劃師講生涯規劃，他提到「騎驢找馬」理論，唉！如今馬沒找到，我卻離不開這頭驢了。

前不久來了一位病人，姓花，單名缺，花缺，〇〇大學中文系畢業的。大家看到缺，都傻了，該怎麼唸？唸鳥？唸快？不會唸，護理師就無法用注音輸入，建立基本資料。查了一下，才知道音同「菊」。

花缺是被警察送來的，他覺得自己有神力，喜歡拜天、拜地，鄰居覺得花缺行為怪異，建議他去看看病，他不聽就罷了，還把鄰居打一頓，大罵：「一群沒有靈性的人。」最後，警察將他上銬，送到醫院，經過兩位精神科醫師評估後逕行強制住院，送到精神科急性病房，醫師給花缺的診斷是思覺失調，有幻聽和妄想。

住久了，情緒穩定後，轉到精神科慢性病房。大夥相處一久，覺得花缺的本性不壞，也好相處，為他取了「菊花」的綽號。

在醫院精神科慢性病房，少則半年，多則數年。病人的運動量普遍不足，這也是沒辦法的事。只好一直鎖在鐵窗、鐵門內，在病房的大廳，坐著看看電視，做些靜態活動。

菊花坐久了，得到痔瘡。每次上廁所，總拉得潔白的馬桶都是血。

警衛巡房時，菊花正在大號，警衛關心說：「痛不痛呀？」

「廢話。」菊花咬牙切齒，坐在馬桶上，腹部一用力，「啊。幹！又流血了。」

警衛關心菊花，提醒他：「記得醫師巡房的時候，向醫師提一下！」

醫師開了一些藥，讓糞便可以軟化，比較好排出。

可是菊花吃了藥還是沒效，不過菊花倒是能忍，知道他情形的人，大概只有少數人。

那天早晨菊花坐不住，走路外八，腳開開，到護理站和護理師聊天。

「護理師，我最近在拜太陽神？」

護理師一襲長髮，紮著髮髻，眨著長長的睫毛，邊忙邊回話，語氣冷冷的，「是誰要你拜的？」

「就聽到上天的指示呀！」

「你覺得有效嗎？」

「有拜，才會保佑。」

「妳可以試試看！」

護理師沒搭理菊花，趕忙著寫晨間交班紀錄──「幻聽，拜太陽神！」

醫師、護理師……在交班時，談到菊花，護理師說：「個案有痔瘡，幻聽，拜太陽神。」

同一時間警衛在做安全檢查，打開菊花的房間，陽光照耀……警衛發現牆上有歪歪斜斜的字。警衛辨識後，一字一字唸……

血門

始終無法通過括約肌
出不了門
留在黑暗世界
不願示軟
用力衝撞那個擋路的石頭
流了血 汩汩的
我細細打開所有的感覺

於是感受到——
血在痛苦地啜泣
光滑的白色裡
迴蕩著艷紅色的滴落聲
日日重複
今天我決定要膜拜太陽神，求神：

警衛看不到菊花，擔心大叫著：「菊花？菊花？」

從床邊傳來菊花的低吟：「別叫，我在這兒。」

警衛趨前一看，赫然發現，菊花在床邊的地板鋪了棉被，躺在上頭，抬高他的雙腿，張的開開的……血紅的腫大肛門正對著警衛。

「警衛大哥，讓一讓，別擋住我的陽光。」

警衛鬆了一口氣，看著牆上最後一句……

「灑一些金黃的陽光，在那帶血的門上吧！」

警衛笑笑說：「菊花，你的菊花的日光浴結束後，別忘了打掃的清潔工作。對了，陽臺上的黃菊花要記得澆水喔！」

燒字

曉安，四十多歲。

來找我時，神色憔悴，形容枯槁，沉默居多。諮商時的沉默會令人焦慮與難受，心理師必須要沉得住氣等待時機。我看著他的雙手交錯互搓，右手大拇指，似乎有塊紅印，燒傷的樣子。我說：「曉安，你的右手大拇指，似乎有塊燒傷的印子……」

曉安輕聲說：「嗯！」

我微笑點點頭說：「發生什麼事情呢！」

曉安嘆了口氣，雙手抱胸，仰望天花板說：「唉！我等了好久，她……」

我說：「這裡面似乎有些故事。」

曉安又說：「我把一首在抽屜裡，鎖了二十年的情詩，投入火中，燒了！」說完後，小安雙手掩面而泣：「我想不起來了……我記不住她的面容，我也想不起來詩的內容。」

我撫觸著曉安的背：「我瞭解了，有些感受讓你覺得很難過了。」曉安是縱火入院的，原來燒完詩之後，曉安情緒崩潰了，隨後燒了機車，失心瘋般地狂叫，就被送來了。

曉安擦拭眼淚，「很抱歉！」

我安慰他，「哭泣是一種宣洩，會安慰我們受傷的心靈。在諮商中，你可以安心地表達你的內在想法。」

「心理師，你信不信『字』是有生命的？」

我微笑說：「字不但有生命，還有溫度，你看『冷冰冰』、『熱情如火』，何況人還需要用字來溝通呢！」

曉安回憶，「那天，我感覺每個字都從火焰中，跳了出來，情、心、愛……字字都被燒得體無完膚，在哭號！在責難我！看著她們成灰燼飄揚在空中散去。一時間，我崩潰了，徹澈底底地毀了……」

我聆聽著，緩緩地說：「曉安，我不知道你們之間的故事，但從你的感覺，我感受到這份感情的重要，字的灰燼隨風飄揚，她將會在風中讀到。」

曉安含淚握著我的手說：「真的嗎？」

我……不發一語地點點頭，用溫暖的眼神看著曉安！

陡然間，曉安憶起了〈詩的葬禮〉[23]，一字一字朗誦：

把一首
在抽屜裡
鎖了三十年的情詩
投入火中
字 被燒得吱吱大叫
灰燼一言不發
它相信
總有一天
那人將在風中讀到

[23] 作者為詩人洛夫。

滴水觀音

「小伊，妳覺得自己的前世是什麼？」

小伊低著頭，看著茶几上的滴水觀音，「心理師，你相信我講的嗎？」

心理師身體前傾，柔聲道：「小伊，我感覺妳有擔心。不過只要你願意說，我就會用心聆聽……」

小伊仍然低著頭，語氣怯怯不安，「他是來找我報仇的。」

「他是誰？」

「那個男人。」

「妳和他發生了什麼故事呢？」

小伊道出她的心底話……

前一世，那個男人是大地的一株小草。

後來戰爭來了，大地每天都得承受猛烈的砲火攻擊，小草見到無數的生命在戰場上凋零，接著死亡。奇妙的是，小草竟然仍然存活著，自在地隨風吹那兒，就往那兒倒。

直到兩軍在那片荒煙蔓蔓的大地上交戰。槍林彈雨中，小伊帶著那一班的弟兄，在戰場上奮戰著，一邊躲著砲火，一邊壓低身形，構築著簡易的野戰散兵坑，子彈咻咻作響，就從他們的頭頂上飛過。

弟兄們都聽從小伊的話，畢竟作戰是不允許士兵有太多想法的。他平時教育士兵，「想要平安回家，要做到三件事情，一是勇敢，二是勇敢，三是勇敢，知道了嗎？待在原地不敢移動，必死無疑，因為你就成為了敵軍的射擊目標。」

敵火漸弱，衝鋒號響起，小伊高喊：「弟兄們，衝啊！」

小伊臨陣當先，第一個跳出散兵坑。

驀地，第一顆子彈，噹！一聲，將小伊的鋼盔擊落在地上，正當小伊要拾起鋼盔時，緊接著第二顆子彈擊中小伊，但小伊卻無任何痛感，使勁地向前衝。慢慢地小伊覺察到所見的世界變紅了。

小伊的鮮血不斷地湧出，他的弟兄個個一臉驚惶，驚叫著小伊。小伊感覺到沾上紅血的白色腦漿不斷地掉落著，跑了二十公尺後，小伊倒地了，倒在那株小草的旁邊……小伊想起了故鄉鮮美的芳草，將他連根拔起放在鼻子嗅了嗅……

心理師聽後，輕聲說：「妳在芳草香中過世了。」

小伊點點頭，「這一世，輪到他來找我。」

「那株小草？」

「是。」

「他找你做了什麼？」

「他說：『當年，你讓我一命嗚呼，現在，我來找你報仇！』……唉！這都是命。」

「他用什麼方式報仇？」

「這一世，他……說：『我要壓著你，每個夜晚，讓你和你的後代無法超生。』」

會談結束後，心理師看了小伊的病歷，上頭記載——

「思覺失調症，婚後二十歲發病，有憂鬱症。早期經驗不佳，遭父友人性侵，經協調後，強迫個案嫁給案父友人，生兩女，母女屢受家暴，某夜案夫酒後意圖指染案女，個案憤而以榔頭，趁機敲碎案夫天靈蓋，腦漿四溢，當場斃命……法官免除其刑，命個案入院強制治療……」

閱畢後，心理師闔上小伊的病歷，轉頭看著那優美的滴水觀音，剛剛才噴澆了水，美麗的葉尖正滴著水……一滴、兩滴，正無言地滴著！

心底事

烏雲

窗外烏雲密布。

璇說：「回憶是一把刀子，當我回想往事時，不由自主地曾拿起了刀子，緩緩地在手臂內側割出一道又一道的傷。」璇是高關懷的自殺個案，自殺獲救。璇在一年前被性侵過，加害人沒有找到，引起了「創傷後壓力症」（Post-Traumatic Stress Disorder，PTSD）。

我向璇說明，「創傷後壓力症指的是一個人經歷了極度嚴重的創傷壓力事件，感受到害怕、無助感、或恐怖，而且已經達到病態的程度。這類的壓力事件往往是直接經驗瀕臨死亡的威脅，或親自目睹他人死亡。另外，嚴重的身體傷害、性暴力也容易形成創傷。」

璇點點頭，表示理解。

我的處遇是以自殺優先處理，尋找個案的內在力量，經過幾次晤談後，璇的自殺自評分下降了。璇表示，可以談性侵的傷害了。對於性侵個案，我懷著謹慎的態度，放慢速度，以個案的步調為主。

「我感覺到璇想起這件事，似乎又浮現起那樣的傷痛。」璇點點頭，展示她的傷痕，「心痛到極點，我會用身體疼痛來移轉。」

我同理著璇，「若是妳還沒有準備好，我們可以暫時停止這個議題。」

璇低頭不語，窗外開始下雨了。良久，璇說：「我感到很矛盾，我懷疑我到底是不是受害者？」

「那天下午我心情不好獨自一人坐在河畔，我注意到我的背後有一個人似乎也心情不好，但我沒想太多，只看著潺潺流水，西落的夕陽似血一般染紅天空，當最後一抹殘陽消失時……

「他突然衝向我，搶下我的眼鏡，我很害怕，奮力抵抗，我被打得很慘，最後僵住了。他要我配合，要我乖乖的……他脫去我的衣物。

「他脫了褲子，用生殖器磨蹭……沒有進去，他改用手插入，這時我哭了。

「我哭著問他：『你是怎麼了？為什麼要這樣對我？』那時我想知道他是不是因為心情不好才會作出這樣的行為？當他聽到我這麼問，我感覺到他害怕了，他歉然地說：『對不起！』說了好幾遍。

「他鬆手了，我站起來，我看不清他的模樣，他幫我整理了我的頭髮，找回我的衣物，再說：『對不起！』之後就離開了。

「天完全暗了，我穿好衣服後，啜泣著，我找不到眼鏡……週邊一片黑，我很想走到河裡……就在這時，有人發現了我，幫我報警。

「在警局做筆錄時，我說只有用指侵。警察接著說：『還好，只有用手，真的是好險。』我那時心想為什麼會還好呢？我一點也不好，我是受害者呀！我不只身體痛，我的心更痛。」

璇哭泣著，我溫柔地說：「桌上有面紙。」璇內心十分痛苦，「璇，如果妳感覺很傷心，無法再談，可以先停下來。」

璇抽紙拭淚，「我難過的是連我的好朋友都說：『好險！沒有真正地強暴成功。』我一直矛盾著，是不是我小題大作？是不是我的錯……每次一想到，我就很痛苦……」

我看著璇手臂內側的刀痕，「心痛得受不了時，就用刀劃手了。」

璇啜泣地點頭。

諮商室靜極了，只聽得雨點打著窗戶。

「我聽到這段故事，雖然我極力地想妳所受得傷害，想妳被傷害的感覺，此刻我的心很難過，但仍完全不及妳的感覺。璇，我要說的是『沒有任何一個人有權力侵犯他人的身體。』我要明明白白地說：『璇，妳就是受害者。』」

璇擦乾淚，「我走得出來嗎？」

「璇，如果我有一支魔法棒，我願意點妳一下，讓妳立刻從黑白變彩色，可是我沒有。但請妳相信，當妳走進諮商室的，努力地面對這個創傷的那一刻起，改變就已經發生了，我沒有辦法告訴妳這是怎麼開始的？怎麼產生變化的？只要用心覺察，妳會發現改變確確實實地是一個進行式了。」

雨水落在窗戶玻璃，一注一注地流下來，透看窗外世界是扭曲的、變形的，而且十分的陰沉，而我正努力地想在烏雲密布的世界尋找陽光。

原住民醃肉——錫烙

錫烙是我幼時的國小老師，大陸來臺老兵，自學後考上教職。

錫烙是原住民的醃肉，為何會稱他為錫烙？裡面有個故事。他的老婆，也就是師母，長的什麼模樣，我已忘了。

我們這兒是小小的魚村，後面是山，前面是海。大小事都傳得很快。

聽大人們說錫烙與師母的感情不大好。不過我們做小孩的，在村裡快快樂樂的過日子，也不大會管大人的事。

有一天下午，我同猴子、石頭去海邊游泳，游完了，我們回到學校。平常校工老王都會待在傳達室。我們口渴了，會向老王要水喝，可是今天卻沒人。我們進到傳達室，裡面有個房間傳出呻吟聲音。我們三人跑到窗邊縫偷瞄。竟見到師母騎到老王的腰上，碩大的胸部晃來晃去的。沒多久，就看不見老王和師母了。此後，錫烙天天喝酒，直罵師母「偷人」。

他喝酒愛配原住民的醃肉。此後，大家都叫他錫烙。

那時我們班上有女同學，長得圓圓的，我都叫她做小胖妹。每節下課都來找我，要我摺紙飛機給她。我不願意，於是我們就吵起來，我推了她一把，她去向錫烙告狀。錫烙拿棍子，打了我一頓，還要罰我站在教室門口。

我心理很不爽，但又不能怎樣，只有向猴子、石頭說：「錫烙喜歡女生，男生要小心一點。」他經常色色的看我們班上的女生，尤其是歐瑪與小雯。

歐瑪、小雯是表姊妹，生得可愛。有一次錫烙，左手牽歐瑪、右手牽小雯，走向他的宿舍。

我看了怒火中燒，撿了一塊石頭，不偏不倚的丟中錫烙的後腦勺。我立刻躲在洗手台下方，只聽見他破口大罵：「誰啊！他媽的，哪個王八蛋丟的？」莫約一分鐘，聲音愈來愈小，我忍住笑意。突然出現一張圓圓的臉在對我笑。我僵住了。

小胖妹！

她很開心地說：「喔，我要向老師報告。」

我立即比了一個「噓」的手勢，說：

「不行啦，我會被打啦。」

「嘿！嘿！除非你摺紙飛機給我。」

「好！好！我摺。」

小胖妹拿我摺的紙飛機做公關，送給她那一國的，人手一隻紙飛機。更可惡的是——她從不撕自己的作業紙，只用我的作業紙。當天我的作業紙全用光了。回家後，我向媽媽要錢買。

媽媽問：「不是才剛剛買一本。」

「啊！我就用完了。」

「拿來我看看。」

媽媽仔細看了一下，大罵：「又拿去摺紙飛機了，是不是？」

她拿起拖鞋，打我一頓，我邊哭邊躲。還好歐瑪她媽媽帶著歐瑪與小雯來串門子，媽媽才住手。歐瑪與小雯心地好，安慰我。

一過就是二十多年了。

長大後，人生有各種不同的際遇。時間好快，我不再摺紙飛機了。我當了心理師了，巧的是好心的歐瑪與小雯，她們也當了心理師。

有一天，心理師們的聚餐，其中我、歐瑪與小雯聚在一起吃飯聊天。

我問：「那天錫格沒對妳們怎樣吧！」

她們說：「哪天？」

「不是有一次他被石頭丟中頭。」

小雯大笑：「就是你唷。」

歐瑪說：「你真夠狠的，老師的頭都腫了一包。」

她們說：「老師只是要我們去幫他刻鋼版，印考試的資料。」

我心想：「我以為錫烙要妳們做他的大小老婆呢！」

「原住民醃肉。」侍者送來一盤香酥的烤肉。

我咬了一口。

「錫烙，真是好吃。」

歐瑪與小雯淺淺的笑。

日記

南迴鐵路。

火車奔馳在重山峻嶺。窗外是綿綿不斷的青山。

我身旁坐著一位老先生，莫約七十歲上下，白髮，帶著一副老花鏡。聚精會神地看著一本厚厚的日記，日記外表有點舊，內頁泛黃，有些字甚至暈開來了。

我偷偷的瞄著，感覺到日記的主人很有恆心與毅力。每天不斷地寫，數十年如一日。不曾寫過一天日記的我，也算得上是數十年如一日。有了電腦，方便多了，寫字嘛，就馬馬虎虎了。火車進了山洞，車外是暗的。我的好奇心，驅使我不斷的瞄下去……這是在探討生命……發生在民國〇〇年

〇〇年〇〇月〇〇日　星期〇　天氣〇

秋來了。

想起「秋決」這部片子。

「秋季」是萬物蕭條的季節。

古代的死刑犯多半在此時就地正法。

難怪，秋瑾會寫出「秋風秋雨愁煞人」。

肅殺的氣氛絕非一個愁字了得。

「秋決」就是描寫「愁」的故事。

發愁的生命。

觀賞後，有頓悟的感觸。為了頓悟，有人窮苦一生；為了頓悟，有人賠上生命，到底人生的頓悟是什麼呢？

○○年○○月○○日　星期○　天氣○

人的生命有時決定在一秒之間，甚至一念之差，死刑犯的生命結束在一秒之間，但他的犯案念頭卻是在一念之差。

一念之差，我覺得長在這個無用的軀殼中，就像牢房禁錮了心靈。

一秒之間，可以讓我結束這一念之差。

〇〇年〇〇月〇〇日　星期〇　天氣〇

終於天氣轉為陰霾了。

終於我也覺得不對勁了。

終於我向你透露了我的灰暗思想。

今夜我對你說：「有個病人得了末期矽肺住院，無意中聽見醫生說要插管呼吸，不願意毫無尊嚴的過日子，跳樓自殺身亡，他的小孩子當時就在醫院內……」

你說：「親人自殺的打擊會造成了不可抹滅的傷害。」

「如果我是你的個案，由我說的故事中，你發現了什麼？」我知道你一心想成為精神醫師，我問了這一個問題，算是測驗，也算是為自我解惑。

「我覺得你刻意抽離自我，保持距離看著這故事中的死亡。」

你能洞察到我的心思！

為什麼？

〇〇年〇〇月〇〇日　星期〇　天氣〇

天空是陰暗的，飄著細雨。憂鬱的天空，憂鬱的心。

我陷入了沉思。「自殺」曾縈懷心中。

這是報復的手段。

長大後想報復曾經傷害過我的人。我想我死後，他們會被好事的人們指指點點，我就感到喜悅。

可是當我在生命的低潮時，有一回我到了一家婦科醫院，隔著玻璃，看著一個個新生兒舒拳伸腿或是用力的大哭，這就是生命力嗎？

他們有無限的希望。

可是我卻只有無望。

〇〇年〇〇月〇〇日　星期〇　天氣〇

臺北的冬季是發霉的日子。

雨！雨！雨！寒流來襲，感覺臺北變成了冰城。

「你在想什麼？」我從幽幽盪盪的思考，拉回到你的身上。

「當生命與其他的生命產生連結時，它的影響是超越一切的，我在婦產科看到一個個小嬰兒，我感到生命的動力，如江河浩浩，澎湃不已。」

○○年○○月○○日　星期○　天氣○

冬日的暖陽最溫暖。我對著你微笑。

你接著說：「我希望你找到生命的動力。」

「我一直問沒有明天該多好，直到遇見了你……」

火車出了山洞，彷若出了時光的遂道。到了枋山，左邊是湛藍的臺灣海峽。老先生緩緩地闔上書本，拿下老花鏡。眼光投向大海。我在想日記的主人是有憂鬱的情形，「沒有明天該多好」透著空虛、無望訊息，直到遇到那個人之後，發生了什麼事情呢？

老先生不再看了。到底如何？我一直想著各種不同的結局。好奇心的我鼓起勇氣，說：「老先生，很對不起，我剛才做了不該做的事，一直在偷瞄這本日記。」

老先生笑笑地說：「我知道。」

他接著說：「年輕人，人用數字計算歲月，數字有股魔力，會讓人記不清過去，卻也讓一些記憶經常浮現。」

我一頭霧水的看著他，這似乎有點深奧，「打小我數學就不好，我只想記些快樂的事。」

老先生說：「快樂之所以快樂是在於回憶，若干年前……」老先生頓了一會兒尋思，又接著說：「二十多年了吧！他改變了我的想法……在青山、在海邊、在月光下，一點一滴累積為無盡的思念，無盡的喜悅，這些伴我渡過人生的無助。」

「他對你很重要了喔。」

「我垂垂老矣，身體不復青春壯碩，此情一直存在驅使我在暮年時想去看看。」

我突然想到一件事……

「莫非你二十多年沒見過他了。」

老先生點點頭，「二十五年了。」

「哇！二十五年，我同我女友分手，我算一算……剛好二十五天，可是現在我卻想不起來他的容貌。」

「你是二十五年，還記得他……而我是二十五天，卻已忘了他。」我獨自言語著。

老先生說：「當生命與其他的生命產生連結時，所產生的能量是我向前的動力，也許我忘了當年的情景，但這連結卻成為我的生命動力，伴我走過了二十五年。」

老先生遠眺窗外不斷變化的風景喃喃：「人就是不斷地尋找生命前進的原動力。」

我思考著……時間、空間與生命動力的連結。

火車不斷地前奔。

奢望

這是高伯在他失智前告訴我的故事，那時我還沒當上心理師。

那個年代是兩岸對峙的年代。那個年代是隨時要為反攻大陸作準備的年代。那一年高伯在金門服役為國效力。那一天清晨四時許，高伯與一個小兵——小許在談話，那次是他們最後一次談話。

高伯問：「小許，你還想說些什麼嗎？」

小許抬頭看著黑夜的天空，「我來這兒之前，在大陸的家鄉我有媳婦，是童養媳。我都叫他大姊，記得那天……」

小許幽幽地訴說，遁入了舊時歲月……

大姊深情地問小許：「你還會回來嗎？」

小許調皮回應：「戰爭嘛！應該不會了。」

大姊哭了……小許知道玩笑開大了，逗弄著大姊……大姊破涕為笑，柔情低語，「要記著我……要記得給我來信。還有一定要回來。」

「大姊，我一定會回來。」小許握著大姊的手繼續說：「等戰爭結束後，我要和妳生一堆的大胖小子……」大姊羞澀，臉上浮現紅暈，「我想要個閨女，這是我一點小小的期盼。」

小許緊抱著大姊，喃喃：「這個現在也是我的期盼了。」

戰爭結束後，小許還是留在部隊裡，他變得沉默了，常常看著海的另一端。

高伯說小許的部隊在小金門，有一天晚上，小許和他的小同鄉班長在一起，幾杯金門高粱下肚後他們聊開了。

小許說：「班長你看啊！你看對面，海的另一端。民國三十八年的時候，我就在對面那個山上看金門。」小許流下了思鄉淚，和班長乾一杯，喉頭灼烈，小許嚥了口水，「現在我們坐在這裡看著對面。」泣訴，「家在那一頭。」

我問高伯：「這怎麼回事？」

「因為小許是所謂的犧牲兵，他原是解放軍，在古寧頭戰役中被俘虜了，收編成為國軍。」高伯繼續說：「小許和班長密謀要泅水回家，回到日夜相思的家園。行動那天清晨四時，他們興奮且祕密地下海游泳，費了好大的勁，天色微亮，終於游上了岸。小許和班長高興地大叫，驀地一顆子彈飛來，他們趕緊臥倒，豎起準備好的白旗，可是槍聲仍然不斷，班長準備還擊被擊斃，小許大喊：『我們是回……家……的……』剎時間，他瞧見了一面熟悉的旗——青天、白日、滿地紅。」

高伯嘆了一口氣，海流將他們帶回金門。

接著高伯沉浸到與小許最後一次見面的記憶中。

高伯拿了一瓶金門高粱為小許斟酒。

小許搖搖頭。

高伯拍拍小許的肩，「喝吧！小子。」小許把高粱酒全喝完了。

小許說了一些醉話，高伯聽了之後，激動地緊握著小許的手。

書記官提醒著，「報告軍法官時間到了，天快亮了。」高伯眼眶濕紅：「再等個幾分鐘，他就快完全醉倒了。」

終於，小許醉得不醒人事。

高伯看著趴俯在白色棉被上的小許，想說：「執行吧！」可是卻哽咽地開不了口，只點了點頭，書記官得到授命後，高喊：「行刑！」

執行的士官長拿著步槍，對著事先在小許背後心臟位置畫好的圓圈……

砰！砰！砰！開了三槍。

高伯流下了淚，看著魚肚白的藍天，以及驚嚇後漫天亂飛的麻雀。回想著小許最後對高伯說的醉話——

「報告軍法官，謝謝你，我終於可以回家見我的大姊了。」

Happy Ending

婷離開後，夜幕已經低垂。

個管師小君說：「心理師，剛剛我遇見婷，她笑笑說：『Happy Ending！』」

我微笑說：「是呀！療程結束了。」

婷剛轉介過來時，主訴問題是「職場上的人際相處問題。」在第一次晤談時，我發覺到婷易緊張，自我要求完美，而且無法放鬆身體。進入到婷的家庭系統，發現原生家庭充滿了重男輕女的氛圍，且父母管教嚴厲。自組家庭後，婷有兩段婚姻，但婚姻生活不甚快樂。

在療程中，我用空椅技術。請婷將白天與黑夜的生活，想像出具象的隱喻。

婷沉思了一會兒，說：「白天像爬山。」

我說：「故事就從爬山開始。」請婷坐在其中一張空椅上，我起頭說：「天一亮，我就……」

婷思考著，「天一亮，我就會焦慮，我是一個獵人要進入到綿綿無盡的山，獵人在山下，看著峻偉的山……其實獵人很不想爬山，因為有獅子、虎……獵人很害怕……」婷沉默了，我引導婷駐足在情緒裡。隨後，請婷坐到另一張椅子，我說：「現在是黑夜。」

婷嘆了一口氣說：「唉！黑夜裡，我成了小貓，回到貓窩……貓想睡了，卻難入眠……在黑暗中，思緒飄蕩，貓常常哭，等驚覺時間的流逝，貓才知道又是一個失眠的夜，貓會自己罵自己睡都不會睡。」

我引導婷坐到第三張椅子上，分別在空椅貼上「白日的獵人」、「黑夜的小貓」。「婷，現在妳看看獵人和貓。」婷流淚了，哭了一會兒後，婷抽紙拭淚。

沉默些許，我打破沉默，輕聲問：「可以讓我知道妳現在的感覺嗎？」

婷眼眶泛淚說：「我覺得獵人和貓好累！」

我溫暖地回應：「妳看到妳的內在了。妳開始心疼自己了！」

後來幾次的諮商，我引導婷靜心與覺察，並鼓勵婷運用在日常生活中。也說明什麼是內在小孩，請婷寫一封信給內在小孩。

今天是最後一次會談，婷微笑說：「我終於寫完給內在小孩的一封信。」

「太好了。」

我邀請娉朗讀，「能不能唸出來呢？」

「好。」娉打開信封，抽出信紙，唸了這封信：「……是的，不管是白日，還是黑夜，妳都在我的心裡，妳透過害怕、緊張、難過、騷動、撩弄……想得到我的安慰，而我卻無視妳卑微的請求，從這一刻起，我們將一起呼吸，一同生活，成為完整的靈魂合體。～娉」

娉流淚了。不過這次是以喜悅結束八次的會談。

初春的夜，街燈熠熠，天空飄起細雨了。

「心理師，再見了喔！」

回頭一看，可愛的個管小君，圓圓的臉正對我甜甜地微笑。

跋

這裡寫的是感謝——

二〇一七年，原住民文學營在臺東的原住民會館辦理四天三夜的研習，那天懷著忐忑的心參加營隊，認識了卑南族的巴代、阿美族的桂春米雅，還有泰雅族的胡信良。

巴代是陸軍官校畢業、我是政戰學校畢業，我們同是軍訓教官退伍。巴代的畢業年班比我早，是我的學長，著作等身，在我心目中是個文武合一的英雄。我很喜歡聆聽巴代的課程，巴代的聲音渾然天成，帶有磁性，上巴代的課是一種享受。巴代鼓勵我，「莒光，接觸這麼多人的生命故事，就寫吧！」從那一刻起，我就認真地思考要如何寫出《一位原住民心理師的心底事》。

米雅在第一天研習課程結束時，邀我晚上一起與文學營的伙伴小酌，那晚臨時有事，我爽約了。不過隔年的文學營在玉里辦理，我就好好地喝她的高粱酒。信良，在上課期間，我對他沒什麼印象，只記得他很好學，每堂課都很專注用心，一〇七年我首次以〈倪墨（Nima），誰的〉[24]乙文參加原住民文學獎小說組，得了佳作獎。他來電道喜，後來我才知道信良是一〇七年小說組的首獎。每每我有新的作品，最先傳的就是信良，不論是新詩、散文，還是小說，信良都會給我許多的建議。同年米雅出書，家父也在那年十一月以九十三歲的高齡回到天家，那時陪伴我的是米雅的詩與散文，一帖性靈上的補劑。

接下來，我要謝謝為這本書寫推薦序的屏東縣基督教女青年會理事長林春鳳老師、美和科大社工系吳鄭善民主任，還有文友米雅。感謝釀出版（秀威資訊）為這本書設計的封面，意境深遠。

最後，我想說的是——這本書不是結束，而是創作的起點。

---

24 〈倪墨（Nima），誰的〉的故事可閱讀拙著：《倪墨（Nima），誰的——一位心理師的小說集》。釀出版，二〇二〇。

釀文學245　PG2498

一位原住民心理師的心底事

作　　者　周　牛
責任編輯　許乃文
圖文排版　蔡忠翰
封面設計　劉肇昇

出版策劃　釀出版
製作發行　秀威資訊科技股份有限公司
114 台北市內湖區瑞光路76巷65號1樓
電話：+886-2-2796-3638　傳真：+886-2-2796-1377
服務信箱：service@showwe.com.tw
http://www.showwe.com.tw
郵政劃撥　19563868　戶名：秀威資訊科技股份有限公司
展售門市　國家書店【松江門市】
104 台北市中山區松江路209號1樓
電話：+886-2-2518-0207　傳真：+886-2-2518-0778
網路訂購　秀威網路書店：https://store.showwe.tw
國家網路書店：https://www.govbooks.com.tw
法律顧問　毛國樑　律師
總 經 銷　聯合發行股份有限公司
231新北市新店區寶橋路235巷6弄6號4F
電話：+886-2-2917-8022　傳真：+886-2-2915-6275

出版日期　2020年11月　BOD一版
定　　價　270元

本著作由財團法人原住民族文化事業基金會補助出版

國家圖書館出版品預行編目

一位原住民心理師的心底事 / 周牛著. -- 一版.
-- 臺北市 : 釀出版, 2020.11
面；　公分. -- (釀文學 ; 245)
BOD版
ISBN 978-986-445-424-2(平裝)

863.57　　　109015522

讀者回函卡

感謝您購買本書，為提升服務品質，請填妥以下資料，將讀者回函卡直接寄回或傳真本公司，收到您的寶貴意見後，我們會收藏記錄及檢討，謝謝！

如您需要了解本公司最新出版書目、購書優惠或企劃活動，歡迎您上網查詢或下載相關資料：http:// www.showwe.com.tw

您購買的書名：________________________________

出生日期：________年________月________日

學歷：□高中（含）以下　□大專　□研究所（含）以上

職業：□製造業　□金融業　□資訊業　□軍警　□傳播業　□自由業

□服務業　□公務員　□教職　□學生　□家管　□其它_____

購書地點：□網路書店　□實體書店　□書展　□郵購　□贈閱　□其他

您從何得知本書的消息？

□網路書店　□實體書店　□網路搜尋　□電子報　□書訊　□雜誌

□傳播媒體　□親友推薦　□網站推薦　□部落格　□其他__________

您對本書的評價：（請填代號　1.非常滿意　2.滿意　3.尚可　4.再改進）

封面設計____　版面編排____　內容____　文／譯筆____　價格____

讀完書後您覺得：

□很有收穫　□有收穫　□收穫不多　□沒收穫

對我們的建議：________________________________

____

____

____

請貼
郵票

11466
台北市內湖區瑞光路 76 巷 65 號 1 樓
秀威資訊科技股份有限公司 收
BOD 數位出版事業部

（請沿線對折寄回，謝謝！）

姓　　名：＿＿＿＿＿＿＿＿　年齡：＿＿＿＿　性別：□女　□男

郵遞區號：□□□□□

地　　址：＿＿＿＿＿＿＿＿＿＿＿＿＿＿＿＿

聯絡電話：(日) ＿＿＿＿＿＿＿＿ (夜) ＿＿＿＿＿＿＿＿

E-mail：＿＿＿＿＿＿＿＿＿＿＿＿＿＿＿＿